Tucholsky Wagner Zola Scott Sydow Freud Schlegel
Turgenev Wallace Fonatne Twain Walther von der Vogelweide Fouqué Friedrich II. von Preußen
Weber Freiligrath Frey
Fechner Fichte Weiße Rose von Fallersleben Kant Ernst Frommel
Richthofen
Engels Fielding Hölderlin Dumas
Fehrs Faber Flaubert Eichendorff Tacitus
Feuerbach Maximilian I. von Habsburg Fock Eliasberg Zweig Ebner Eschenbach
Ewald Eliot Vergil
Goethe Elisabeth von Österreich London
Mendelssohn Balzac Shakespeare Dostojewski Ganghofer
Trackl Lichtenberg Rathenau Doyle Gjellerup
Stevenson Hambruch
Mommsen Tolstoi Lenz Droste-Hülshoff
Thoma Hanrieder
Dach von Arnim Hägele Hauff Humboldt
Karrillon Reuter Verne Rousseau Hagen Hauptmann Gautier
Garschin Baudelaire
Damaschke Defoe Hebbel
Descartes Hegel Kussmaul Herder
Wolfram von Eschenbach Dickens Schopenhauer Rilke George
Bronner Darwin Melville Grimm Jerome
Campe Horváth Aristoteles Bebel Proust
Bismarck Vigny Barlach Voltaire Federer Herodot
Gengenbach Heine
Storm Casanova Tersteegen Grillparzer Georgy
Chamberlain Lessing Langbein Gilm Gryphius
Brentano Lafontaine
Strachwitz Claudius Schiller Kralik Iffland Sokrates
Katharina II. von Rußland Bellamy Schilling
Gerstäcker Raabe Gibbon Tschechow
Löns Hesse Hoffmann Gogol Wilde Gleim Vulpius
Luther Heym Hofmannsthal Klee Hölty Morgenstern
Roth Goedicke
Luxemburg Heyse Klopstock Puschkin Homer Kleist Mörike Musil
Machiavelli La Roche Horaz
Navarra Aurel Musset Kierkegaard Kraft Kraus
Nestroy Marie de France Lamprecht Kind Kirchhoff Hugo Moltke
Laotse Ipsen Liebknecht
Nietzsche Nansen Ringelnatz
Marx Lassalle Gorki Klett Leibniz
von Ossietzky May vom Stein Lawrence Irving
Petalozzi Knigge
Platon Pückler Michelangelo Kafka
Sachs Poe Liebermann Kock Korolenko
de Sade Praetorius Mistral Zetkin

Der Verlag tredition aus Hamburg veröffentlicht in der Reihe **TREDITION CLASSICS** Werke aus mehr als zwei Jahrtausenden. Diese waren zu einem Großteil vergriffen oder nur noch antiquarisch erhältlich.

Symbolfigur für **TREDITION CLASSICS** ist Johannes Gutenberg (1400 — 1468), der Erfinder des Buchdrucks mit Metalllettern und der Druckerpresse.

Mit der Buchreihe **TREDITION CLASSICS** verfolgt tredition das Ziel, tausende Klassiker der Weltliteratur verschiedener Sprachen wieder als gedruckte Bücher aufzulegen – und das weltweit!

Die Buchreihe dient zur Bewahrung der Literatur und Förderung der Kultur. Sie trägt so dazu bei, dass viele tausend Werke nicht in Vergessenheit geraten.

Androgyne

Stanislaw Przybyszewski

Impressum

Autor: Stanislaw Przybyszewski
Umschlagkonzept: toepferschumann, Berlin

Verlag: tredition GmbH, Hamburg
ISBN: 978-3-8424-1137-1
Printed in Germany

Rechtlicher Hinweis:
Alle Werke sind nach unserem besten Wissen gemeinfrei und
unterliegen damit nicht mehr dem Urheberrecht.

Ziel der TREDITION CLASSICS ist es, tausende deutsch- und
fremdsprachige Klassiker wieder in Buchform verfügbar zu
machen. Die Werke wurden eingescannt und digitalisiert. Dadurch
können etwaige Fehler nicht komplett ausgeschlossen werden.
Unsere Kooperationspartner und wir von tredition versuchen, die
Werke bestmöglich zu bearbeiten. Sollten Sie trotzdem einen Fehler
finden, bitten wir diesen zu entschuldigen. Die Rechtschreibung der
Originalausgabe wurde unverändert übernommen. Daher können
sich hinsichtlich der Schreibweise Widersprüche zu der heutigen
Rechtschreibung ergeben.

Stanislaw Przybyszewski

Androgyne

Es war späte Nacht, als er nach Hause kam.

Er setzte sich an den Schreibtisch und sah gedankenlos auf einen herrlichen Blumenstrauß hin, der mit einem breiten roten Band umwunden war.

Auf dem einen Ende stand in goldenen Buchstaben ein mystischer, weiblicher Name.

Nichts weiter.

Und wieder empfand er diesen langen, fliederweichen Schauer, der ihn durchzuckte, als man ihm diesen Strauß auf die Estrade hinaufreichte.

Man hat ihn ja mit Blumen beworfen, soviel Kränze regneten nieder zu seinen Füßen – aber dieser Strauß mit diesem roten Band und dem mystischen Namen – wer mag ihn wohl hinaufgeschickt haben?

Er wußte es nicht.

Als ob eine warme, kleine Hand die seine erfaßt – nein! nicht erfaßt, – sich wollüstig einschmeichelte, hineinküßte mit heißen Fingern ...

Und sie, deren Name ihn so verwirrte ...

Vielleicht hat sie die Blumen geküßt, bevor man sie ihm reichte, ihr Gesicht in das weiche Blumenbett eingewühlt, bevor sie es zum Strauß gewunden, das reiche Armgewinde von Blumen an ihr Herz gedrückt und sich nackt und lustkeuchend über das Blumenlager gewälzt ...

Und das Geblüte atmete noch den Duft ihres Körpers, zitterte noch das kauernde, heiße Lispeln ihres Verlangens ...

Sie liebte ihn ja, sie kannte ihn schon lange, ganze Tage hat sie zitternd durchdacht, bevor sie wagte, ihm diese Blumen zu schenken ... Er wußte es, ganz genau wußte er es ...

Er wußte sicher, daß sie ihn liebte, denn solche Blumen schenken nur Mädchen, die lieben.

Er schloß die Augen und horchte.

Er sah riesige Märchenrosen, schwarze, blutdürstige, weiße, auf langen Stengeln sich wiegende Rosen. Sie verneigten sich, tief und tiefer, sie richteten sich stolz empor, sie lockten und lachten, trunken ihrer eigenen Pracht.

Er sah Tuberosen, weiß wie Bethlehemssterne, feinstrunkig mit bläulichem Geäder – er sah Urbäume von weißen und roten Azaleen, belastet und überladen von weichflaumiger Blütenpracht und herrlich anzuschauen wie reiche Ballkleider auf wundersamen Märchengestalten längst verstorbener adliger Frauen, er sah Orchideen auf heißgeöffneten Lippen, lustheischenden, giftigen Lippen und Lilien mit weitgebreitetem Mutterschoß der keuschen Lüste und Narzissen und Bionen, Begonien und Kamelien – eine ganze Sintflut von berauschendem Farbengift, berückendem saugenden Duft überströmte seine Seele.

Der weiche Maienduft des Flieders ergoß sich in ihm mit der stillen, kindlich naiven Serenade der Hirtenflöten in heißen Frühlingsnächten – wie brünstige Triumphfanfare brauste das gelle Purpur der Rosen, mit keuschen Armen umfingen die Lilien sein Herz, lüstern saugten an ihm mit roten Zungen die Orchideen, in weißem kalten Glanz tanzten um ihn die Tuberosen, wie aphrodisisches Gift ergoß sich in ihm der berückende Duft der Akazienblüten, geschwängert von dem blitzheißen Sommergewitter, und alle diese Düfte, kühl und weich wie reine Mädchenaugen, unwissend ihres Geschlechts – heiß und gierig wie die Arme einer rasenden Hetäre – giftig und schreiend wie der Blick einer getretenen Otter: dies alles ergoß sich in ihm, durchtränkte, durchsättigte ihn; er war berauscht, machtlos; er fühlte, daß er kein Glied rühren könnte, er unterschied nicht mehr die Eindrücke voneinander, er sah keine Farben, fühlte den Duft nicht mehr, alles wurde eins.

Aus der Tiefe blühte in ihm auf ein weites Brachfeld, öde; traurig, schwer gebreitet wie das Stöhnen der Glocken in der Abenddämmerung des Gründonnerstags – weit in der Ferne blaute ein glitzernder Streifen eines fernen Sees, still gebettet von der schlafschweren Hitze des Mittags – nur hie und da schoß empor der schlanke Stengel einer Königskerze, als hätte sie die durchglühte Erdscholle aufgerissen und drohte nun mit siegesmächtiger Faust dem Himmel – nur hier und da ein paar verkümmerte Wachholderbüsche, verkrampft zu seltsamen Formen, als wären sie krank an dem Gift der Leichen, die hier einstens die Erde gedüngt haben – nur hier und da an den sandigen Gräbern träumten blaue Zichorienkörbchen, sehnsüchtig auf den Sonnenuntergang wartend, wenn sie die Blüten zusammenschließen und den Kirchhofszauber der öden Heide schauernd durchkosten dürften ...

Dann wieder sah er Kreuzwege auf den Moortriften zwischen den Sümpfen und abschüssigen Gräben. Die Stunde des Mitternachtsgrauens naht, voll von schreckender Angst und Pein. Ab und zu schießt ein Irrlicht, behende wie ein Gedanke über die sumpfigen Wassertümpel, blitzt auf ein stilles, geheimes Leuchten, hin und wieder bellt ein Hund auf im nahen Dorf, ein anderer antwortet ihm mit langgedehntem Winseln, dann wieder der gelle Ruf des Nachtwächterhornes – und wieder Stille, Stille, die sich hineinschraubt, mählich und tief in die dunkelsten Abgründe und alles aufsaugt, mein Heute und mein Morgen, die den Schritt und jede Regung lahm legt und einen so unendlich einsam, so weltfern und daseinsfremd macht.

Und in immer neuen Bildern erstand vor seinen Augen sein ganzes Heimatland: ein riesiges Laken, zerrissen und zerfetzt in grüne Gerstenlappen, in weißaufgeblühte Heidekrautfelder, goldene Roggenteppiche, blutrote Beete peitschenschwerer Weizenähren: die ganze Erde ist maitrunken, brünstig in ihrer Blütenpracht, ungeheuer in ihrer schöpferischen Raserei, in der hochzeitlichen Majestät andächtiger Liebe – die ganze Erde weit hinauf bis an die Umfriedung der weißen Kirche auf der Anhöhe ...

Breite Ströme von Glockenklängen gossen sich in das flache Land hinab, ringsherum brandete das Gewoge eines mächtigen Kirchenliedes während der Prozession am Fronleichnamsfest; zwischen dem schwarzen Gebüsch und dem dichten Gehege schimmerten die weißen Kleider der Mädchen, die zu Füßen des Priesters mit dem Allerheiligsten Blumen streuten, es blauten die langen Bauernröcke, gegürtelt mit breiten roten Schals ...

Er zuckte auf. Lechzte nach mehr Sehnsucht.

Unaufhörlich in wunderlichen Reigen: ein Hochzeitsgang an einem Julitag – das breite Schluchzen der Geigen, gefertigt aus der Lindenrinde, das heisere Stöhnen der Bässe, die von dem Geld klappern, das der Bräutigam in ihr Inneres geworfen hat – und ein jauchzendes Geschrei, das in taktmäßigen Abständen mit schrillen Strahlen in die Luft hinauf schießt: Juchahei! Dann wieder schleppt sich ein Trauergeleite im Spätherbst auf der regendurchweichten Landstraße. ... Ein paar Mädchen tragen den weißen Sarg eines Kindes – dann wieder ein feierlicher Pilgerzug, der zu dem Wunderbild eines Heiligen wallfahrtet – dann wieder ... oh, oh ... ohne Ende, ohne Maß ...

Langsam dunkelte es ihm in den Augen – nur ein paar unklarer, abgerissener Bilder glitten faul und zögernd über sein Gehirn – die Seele dämmerte, wiegte sich in weiches Träumen, erlosch, bis sie sich plötzlich in einem mächtigen Lied emporriß.

Der heimtückische Zauber, das berauschende Gift der exotischen Blumen und das Paradies der Heimatserde, das alles ließ seine Seele erbeben mit dem dröhnenden ehernen Schrittklang von Rittern, die in Erz gegossen schienen, daß die Erde unter ihrer siegesjauchzenden Schrittwucht erbebte, – dann fühlte er seine Seele auftauen in den schluchzenden Klagen der Mutter, die ihre Erstgeburt verlor, sie ergrünte in dem Myrtenkranz hochzeitlicher Lieder, sie raste in trunkenem Tanz mit Jauchzen und Stampfen auf dem Boden einer überfüllten Schenke, schoß hoch empor mit wildem Schrei, wie die Blüte der Königskerze auf dem sengend heißen Brachacker – das ganze Lied ergoß sich in einem düsteren, wilden Bett, vertrocknete, schnellte rückwärts zurück, um mächtiger noch vorzustürmen und sich endlos über das ganze Flachland zu ergießen ...

Eine entsetzliche Macht packte ihn in ihre Arme. Die Tollwut des Gewitters umkrallte ihn mit dem Geächze der Verdammnis, warf ihn auf den kochenden Gischt eines abgründigen Malstroms, wütete in ihm, heulte, krachte, schleuderte ihn kreischend hin und her die steilen Felsen hinauf wie ein Wrack – nur in der Tiefe, ganz in der Tiefe des bodenlosen Trichters ein heller Klang, der schwand und wieder aufleuchtete, sank unter und wieder auftauchte, wie der Widerschein eines blassen Sternes in dem schäumenden Strudel dunkler Wogen.

Lange hat dieser helle Strahl mit der spritzenden Wasserflut, mit dem Gewitter aufgewühlter Wogen gerungen, aber beharrlich ergoß er sich in lange, schmale Streifen, tanzte über den Fluten in zierlichen Schlangenwindungen, rollte sich zusammen, schnellte dann wie eine aufgerollte Feder langhin: über dem sturmgepeitschten Abgrund verzweifelten Ächzens und Kreischens, über dem Strudel abgründiger Qual, dem Geheul und Geschrei tollgewordener Gewitterbrunst flogen stille, sehnsüchtige, weichgesponnene Lichtwellen; immer breitere, immer stärkere Wellen der Beruhigung und lichter Versagung, entzückter Gebete umfingen den Sturm und das qualschreiende Entsetzen in heilige Mutterarme, preßten es an sich in unendlicher Liebe, wiegten es in eine überirdische Sehnsucht, in einen ohnmächtigen Verzückungstraum ...

Da:

Ein Mädchengesicht tauchte auf: ein heller, heiliger Klang in den schwarzen Sturmakkorden, der helle Widerschein eines blassen Sternes in dem schäumenden Gischt dunkler Wogen, – nie früher hatte er es gesehen, aber er kannte es, er kannte es gut, dies Mädchengesicht ...

Er wachte auf: rieb sich die Augen, ging in dem Zimmer auf und ab, aber er konnte die Vision dieses Gesichtes nicht los werden: halb Kind, halb Weib.

Ja, ja – sie war es sicher. Sie ließ ihm den Blumenstrauß auf die Estrade reichen.

Er dachte nach, woher seine plötzliche Gewißheit, daß sie es war.

Jemand Fremdes hat ihm die Blumen hinaufgereicht.

Und er dachte und grübelte ...

Sie war also da, sie saß in der ersten Reihe und leuchtete das dunkle Doppelgestirn ihrer Augen in seine Seele hinein, sie hat den Abglanz in ihr zurückgelassen. Damals, als die ganze Welt vor meinen Augen in Nebelschwaden zerrann, als alles zusammenströmte in dem Orkan des Gewitters, das unter meinen Fingern heulte, hat die Macht der Sehnsucht den Abglanz ihrer Augen in mir festgeklebt. ... Ich selbst habe zu den Augen das Gesicht geformt, denn nur dieses und kein anderes erglüht in dem Glanz solcher Augen ...

Und der Glanz umfing ihn von allen Seiten, ergoß sich in sein Blut, durchströmte seine Adern, ein heißer Schauer durchzuckte ihn – er zitterte in unbekanntem Wonneschmerz.

– Denn vor der Stunde der Erlösung geschehen seltsame Zeichen und Wunder – flüsterte er leise in sich hinein – die ganze Muttererde ist in mir aufgewacht – das ganze Leben glitt mit Blitzesschnelle über das Himmelsgewölbe meiner Seele – die ganze Verzweiflungslust meines Lebens breitete vor meinen Augen ihre schweren wunden Fittige von einem End' zum anderen ...

Blieb wieder stehen und starrte lange den Blumenstrauß an und das breite rote Band mit dem mystischen Namen ...

Ja – sie ist rank und biegsam wie der Stengel der Tuberose, und ihre Augen so rein, wie die weißen Bethlehemssterne, die auf ihm ruhten und sich träumerisch hin und her wiegten ...

Woher nur die Vision dieses Gesichtchens – halb Kind, halb Weib?

Er dachte:

Das ist die geheime Stunde, bevor die Sonne aufwacht.

Er sah lange durch das Fenster auf die schneeigen Felder der Vorstädte – in dem ersten Morgenschauer blaute der Schnee – ein Streifen heller Töne ergoß sich in Schlangenlinien den Himmelsrand entlang, verschwand, tauchte auf und umfing den Osten breiter und breiter ....

Seit dieser Zeit stand unablässig vor seinen Augen die Vision des zarten feinen Gesichts mit dunklem Doppelgestirn, das sein Licht in seine Adern hineinschien – unablässig sah er die schlanke Mädchengestalt, halb Weib, halb Kind, einer Tuberose gleich, die zwei weiße Blüten, zwei weiße Bethlehemsaugen auf ihrem Stengel wiegte.

Ganze Stunden dachte er an sie und träumte. –

Immer und wieder tauchten vor seinen Augen dieselben Bilder auf: In der Tiefe seiner Seele verflochten sich unentwirrbar die Visionen seiner Muttererde mit dem geheimen Reigen von Tönen und Liedern, dem Duft der Blumen, dem dunklen Gewitter und dem Abglanz blasser Sterne in dem Strudel wogender Meere.

Er verstand nicht den Zusammenhang – gleichwohl – es kam ihm vor, daß sie seine Muttererde in ihrer Frühlingsbrunst sei – die Blumen, die sie ihm geschenkt, das Kleid, ewig neues und ewig dasselbe Kleid ihrer Seele, ewigliche Form ihres Seins – daß die Augen – ihre Augen ...

Absichtlich zerriß er die Flut seiner Gedanken, umfaßte die Blumen, bewarf sich mit ihnen, wühlte in ihnen mit fiebrigen Händen und träumte und heischte nach ihr.

Schon hatte er sie in seine Arme gefaßt, warf sie auf seine Brust in kranker Lust und küßte sie – küßte ...

Und zugleich beschloß er mit sich: er mußte sie finden – er mußte!

Nur einen Strahl ihrer Augen erhaschen – nur ein Aufleuchten – ein zuckendes Aufdämmern ihrer Augen – und er wird sie erkennen – ganz sicher wird er sie erkennen in einem Sekundentausendstel des Aufblitzens ihrer Augen ...

Ganze Tage trieb er sich auf den Straßen der Stadt herum, ganze Stunden harrte er in den Parkanlagen, rings um die Stadt. Tausende von Menschen glitten an seinen Augen vorüber, in jedem Mädchengesicht glaubte er ihres zu erkennen, jeder Blick schien in seinen Adern dieselbe Lust zu entfachen, mit der ihre Augen sein Herz wundgebrannt hatten – aber vergebens; immer dieselbe Enttäuschung: das war nicht sie!

Und doch hörte er manchmal in der Abenddämmerung dicht hinter sich Schritte, wie das Schlagen unruhiger Vogelflügel, die bereit waren, sich zur Flucht zu schwingen – manchmal sah er ein blitzschnelles, verstohlenes Aufleuchten eines dunklen Augenpaars, das aus unbekannten Fernen oder Nähen sich in seine Seele einsaugte – einmal streifte ihn der *Hauch* einer weichen, zärtlichen *Hand*, als er in dem Dunkel einer Kirche stehen blieb und das heimliche kostbare Gut der dämmrigen Abendgebete kostete, aber als er sich umdrehte, als er das Dunkel mit seinen Augen zu zerfetzen suchte, verflog das Gesicht – nur ein zittriges Aufleuchten, nur ein warmer *Atem* einer fiebernden *Hand*, und die Nerven entlang das Gefühl einer schlanken Tuberose mit zwei weißen Sternen.

Ein König war er – ja ein König und ein mächtiger Gebieter ...

O die kranke, qualvolle Lust schlafloser Nächte, als er auf der Terrasse seines Palastes lag und die üppige, sternenbesäete Himmelspracht anstarrte!

Rings rankten sich tropische Efeugewinde; aus dunklem Gebüsche blühten auf goldene Blütenquasten, wuchsen hoch empor Blumenkelche, die noch kein menschliches Auge geschaut hatte: Blumen mit Kelchen von der Form bronzener Glocken, Blumen, umgeben von Blättern, die in der Farbe von poliertem Gußeisen schimmerten oder wie gerinnendes Messing blitzten, dann wieder Blumen mit fein behaartem Schoß, dem ewigen Leben aufblühender Jungfrauen, Blumen, die mit lebendigen, schauenden und wissenden Augen einer Kurtisane lachten, oder suchenden, verirrten Augen von todesmüden Möwen und weißen Albatrossen. ... Strunke und Stengel sah er wie Lilien, die aus toten Herzen aufwuchsen oder aus Erdäpfeln, den Totenschädeln vergleichbar. Aus dem syphilitischen Rachen unglaublicher Orchideen streckten sich Zungen empor, mit purpurroten Fieberflecken besprenkelte Ungeheuer, die herauszukriechen und das Gift über das umgebende Blütenmeer zu verschleppen schienen.

Soweit das Auge reichte ungeheure, vorsintflutige, dunkle Kohlenwälder, umwunden, umstrickt, verknäuelt zu einer unentwirrbaren Masse durch Stränge und Stricke von Efeustämmen, Lianen, Windenkraut und Klettengeflechte – und all dieses Schmarotzergezücht rankte sich empor an den verkohlten Farrenbäumen, den isaurischen Palmstauden, den Kokos- und Brotbäumen, verflocht sie wie ein Korbgewinde, verankerte sie unlösbar miteinander und von der Höhe der Terrasse sah das aus wie ein ungeheuerliches, aus dem Urmagma heraufkriechendes Otternnest.

Und in der sternenbrünstigen, lichtwütigen Nacht in diesem abgründigen Fieber von verkrampften Formen, kranker Düfte, Farben, die man in den Delirien des Opiumrausches sieht, träumte der König von ihr – ihr, der Einzigen, kroch auf den tiefen weichen Teppichen, krallte sich mit den Fingern an den Füßen der Sessel fest, sog das Gift der ungeheuerlichsten Blumen und schrie nach ihr –.

Vergebens!

Bis endlich:

Er ließ die schönsten Jungfrauen zu sich in seinen Palast befehlen, stellte sie in dem endlosen Saal in zwei Reihen, die sich von dem Throne bis in die Tiefe der Palastgärten erstreckten ...

Und angetan mit seiner unerhörten königlichen Pracht saß er lange auf seinem Thron, vergrub das Gesicht in beide Hände und sah die vor Erwartung und Hoffnung zitternden Jungfrauen, von denen jede mit unendlichem Glück sich zu seiner Sklavin machen ließe.

Er sah, sah sie an und dachte:

Welche ist es?

Wie soll er sie auffinden in dem Gewoge von blonden, schwarzen, roten Köpfen?

Ist es die, deren Augen blitzten wie die Beeren von Tollkraut, das an den Schuttgräben wächst?

Oder die, aus deren sanften Augen ab und zu der blutdürstige Blick eines gebändigten Jaguars herausschießt?

Jene da vielleicht, über deren Stirn ein Blitz fliegt, der das Herz gebärt und sich über das Gesicht mit unendlichem Leid ergießt?

Die da, deren Arme herabhängen wie welke Lilien oder jene, welche in den verführerischen Händen die lüsternen Trauben ihres Leibes hält, vielleicht die dort mit der gleißenden Biegsamkeit einer Schlange, oder jene, die aus dem Schoß einer Lotosblume aufgestiegen ist – und jene – dort, weitab, wie aus einem Sternenkelch aufgeblüht, aus dem Glanz des Mondlichtes geboren?

Tiefer noch vergrub er das Gesicht in seine Hände, schmerzlicher noch, denn er fühlte, daß er sie nicht finden wird – das Chaos von verschwimmenden ineinander verfließenden Formen, Gesichter, Augen trübte die Seele des Königs.

Er stieg die Stufen des Thrones hinunter und die Reihen der Jungfrauen neigten sich wie ein frisch aufgeblühtes, weißes Birkengehölz wenn der Windstrom es umfließt.

Wie köstliche Weizenähren in der sengenden Mittagsglut, wenn plötzlich ein heißer Lufthauch über sie fährt, neigten sich die Köpfe; der ganze Saal schien zu keuchen in gespannter Erwartung und verhaltenem Atem der Hoffnung.

Dreimal schritt er die Reihen der schönsten Jungfrauen seines Landes ab, langsam, immer langsamer und trauriger, setzte sich wieder auf seinen Thron, winkte mit der Hand – er blieb allein.

Es dunkelte in dem Saal. Der König vergrub sich in seine Verzweiflung, stemmte sein Gesicht auf die krampfgeballten Fäuste und brütete vor sich hin.

Da fühlte er plötzlich, wie sich jemand an den Säulen entlangstahl, die das Gewölbe des Saales stützen – jemand schlängelte sich durch das dämmernde Dunkel und hinter ihm ein Schimmer von etwas Leuchtendem, wie das Licht eines nackten Körpers.

Der König hob sein Haupt stolz empor – denn noch kein Sterblicher wagte ihn in seinem Verzweiflungsschmerz anzuschauen.

Er klatschte in die Hände, und aus einer unsichtbaren Lichtquelle ergoß sich in den Saal ein kaltes metallenes Leuchten – und in diesem Halbdunkel sah er, wie ein syrischer Sklavenhändler an den Thron herankroch und hinter sich ein nacktes Mädchen schleifte.

Ihre Arme umwanden Spangen – goldene Schlangen, und mit goldenen Schlangen waren die Knöchel umringelt, und um die Lenden ein goldener Gürtel, dessen Schloß eine Lotosblume bildete, besetzt von kostbaren Steinen.

Der König sah sie erstaunt an.

Er sah nicht ihr Gesicht, denn sie verschränkte vor ihm ihre Arme, er sah nur die Gestalt, sah die schlanken, biegsamen Glieder einer Tuberose mit zwei weißen Sternen hinter den Lilien ihrer Arme.

Mit verhaltenem Atem sah der König auf die seltsamen Zauber und Wunder des Mädchenkörpers, er zitterte wie in Todesangst, daß ihm der Traum nicht verfliegt – er sah sie, wie sie sich hin und herneigte, wie sie im Feuer zu stehen schien aus Angst und Scham; ihre Haare flossen über die weißen Lilien ihres Körpers wie ein heißer Strom – und plötzlich kniete sie nieder und sah zu ihm auf.

Sie, sie war es!

Mit beiden Händen griff er um die Lehnen seines Thrones und zitternd flüsterte er:

Du hast mir die Blumen geschenkt?

Sie nickte ...

Mit heißem Schrei streckte er ihr seine Hände entgegen – alles verschwand ...

Er rieb sich die Stirn ...

Er war doch wach.

Ja ganz sicher, aber nur, um von neuem in einen noch tieferen, noch wilderen Traum zu verfallen.

Nun war er ein Magier, übergroß und übermächtig, ein Diener seines Herrn und ein Gott zugleich ...

Ja: ipse philosophus, magus, Deus et omnia ...

Drei Tage und drei Nächte hat er sich für seine Beschwörung vorbereitet. Drei Tage und drei Nächte las er in heiligen Büchern, entzifferte die geheimen Runen und erbrach die sieben Siegel der apokalyptischen Weisheit. Er prägte seinem Gedächtnis die furchtbaren Beschwörungsformeln ein, die unbekannte Mächte ihm, seinem Machtspruch dienstbar machten – drei Tage und drei Nächte berauschte er sich an dem giftigen Dunst gebrauter Pflanzen und Wurzeln, die in der geheimen Johannisnacht blühen, bis er die Kraft in sich fühlte, das Wachstum der Pflanzen beschleunigen zu können, einen Strom in seinem Lauf aufhalten, den Mutterschoß un-

fruchtbar zu machen, ja selbst den Donner auf die Erde herabzube-
schwören.

Und in der Stunde des großen Wunders kleidete er sich an mit
den kostbaren Kleidern des Hochamtes, das einstens sein Urvater
Samyasa verrichtete, sein Haar umwand er mit einer siebenmal
geknoteten Binde, nahm das Schwert zur Hand, zeichnete einen
Kreis, schrieb in ihn geheime Zeichen hinein, blieb in seiner Mitte
stehen, einem großen Spiegel gegenüber und sprach mit lauter
Stimme:

O Astaroth, Astaroth!

Mutter der Liebe, die du mir das Herz mit dem Gift des Verlangens und der Sehnsucht zerfrißt, das Feuer irrsinniger Qual in meinen Adern ergossen hast – einzige Mutter, die aus den Saiten meiner Seele schmerzliches Stöhnen vereitelter Hoffnungen und Schreie
der Sehnsucht reißest, du furchtbare Mutter, die du mich auf dem
höllischen Bett vergeblichen Ringens streckst –

Erbarme dich meiner!

O Astaroth, Astaroth!

Du höllische Tochter der Lüge und des Scheins, die du in meinen
Nächten mir vor die Augen die unsagbarste Lust und Verzückung
zauberst, die du mir das Weib, das ich suche, in die wilde Umarmung meiner Glieder wirfst und sie meinen Leib lustschreiend
umflechten lassest – du furchtbare grausame Höllenmutter, die du
aus meinem Blut Macht und Leben saugst, um mich wieder zu we-
cken zu neuer Qual und Verzweiflung, –

Erbarme dich meiner!

O Astaroth, Astaroth!

Mutter der Verkehrtheit, Beschützerin des unfruchtbaren Schoßes
und unfruchtbarer Lüste, die du mir in die Seele ein Verlangen
eingeimpft hast, das du nicht stillst, in mein Blut Träume hineingeschienen, die nicht von dieser Welt sind, mein Gehirn mit einer
Brunst verkrampfst, die meine Augen mit Irrsinn umflort –

Erhöre mich!

Und in einer unmenschlichen Willensanspannung bäumte sich sein Haar. Er zitterte und erschauerte, als ob jedes Glied für sich selbständig lebte. Es kam ihm vor, als gehe er aus sich selbst heraus, als verkörpere er sich von neuem draußen, außerhalb seines Leibes, als gestalte sich etwas, das aus seiner Seele aus seinem mächtigsten Verlangen aus seiner qualvollsten Sehnsucht herausströmte.

Ein krachender Donner, als ob sich ein Erdkörper vom Himmel losgerissen hätte und in den Nichtsabgrund fiele – ein furchtbarer Sturm hat alle Fesseln gerissen – ein höllisches Lachen, Heulen, Kreischen wüteten in seinem Gehirn und in grausigem Entsetzen sieht er um den Spiegel herum einen Nebel kreisen und glänzen, sich formen, Gestalt annehmen, sieht ihn, wie er sich rundet, Körper annimmt, zu atmen anfängt, blutstrotzend, lebendig!

Eine Flut von Blitzen wogte schwer durch den Saal, ein Donner krachte in den Spiegel, ein Schrei und auf seinen Hals warf sich in wilder, zügelloser Brunst die, die er so lange gesucht, nach der er so lange geheischt und um deren Willen er sein Heil verwirkt hat ...

O irre Nacht ungesättigter Lust!

Er erschrak über diese Träume.

Er konnte sich nicht wiedererkennen. Die Verkoppelungen und Zusammenhänge in seiner Seele haben sich losgelöst, die Verbindungsfäden rissen; nichts ging ihn jetzt mehr an, er lebte nur in seinen kranken Träumen, und in den Händen zerknitterte er das Band, mit dem der längst verwelkte Strauß umbunden war.

Es schien ihm, als ob dieses Band etwas von ihrem Wesen eingesaugt hätte. Er fühlte, daß es lebt. Wenn er es streichelte, war es, als glitte seine Hand ihren Sammetkörper entlang, küßte er es, sog er den Duft ihrer seidenen Haare, und wand er es sich um seine Brust, empfand er es, als hätten sich ihre Glieder um seinen Körper gewunden ...

Immer mächtiger schwoll in ihm die Sehnsucht und der Schmerz an. Er quälte sich in ohnmächtigem Ringen. Die, die ihm den Strauß geschenkt, wurde zu einem Vampir, der ihm alles Blut aus den Adern sog.

Und wieder irrte er auf leeren Straßen und Plätzen, und wenn die Dämmerung kam, schlich er sich in dunkle Kirchen hinein, denn einmal kam es ihm vor, als hätte sich eine weiche, liebende, verlangende Hand mit sehnsüchtiger Inbrunst in die seine geschoben. Er irrte zwischen den Frühlingsbäumen im Park, denn einmal hörte er Schritte hinter sich – ihre Schritte – wie das Schlagen unruhiger, flugbereiter Flügel. Stundenlang stand er in dem Fenster und bohrte sich spähend in die Finsternis, denn einmal schien es ihm, als sähe er ein Augenpaar – ihre Augen – die mit heißer Sehnsucht die seinigen suchten.

Bis endlich:

Schwer sank die Dämmerung herab. Zwischen dem dunklen Geäst der Bäume blutete hier und dort das unruhige Flackern des Gaslichts der Laternen, auf und nieder wogte die Unruhe der Stadt, und ein schwüles, unendlich trauriges Brüten breitete sich über den finsteren Dächern der Bäume.

Plötzlich erblickte er sie da, wo sich zwei Alleen kreuzten.

Er wußte, daß sie es ist.

Dieselben Augen, die sie ihm an jenem Abend in die Seele eingebrannt hatte, dasselbe Gesicht, denn nur ein solches Gesicht erstrahlt in dem Glanz, der um diese Augen sich goß.

Er zuckte auf, blieb stehen und sie rührte sich nicht vom Platz, erschrocken und verwirrt.

Ihre Blicke fingen sich auf und schwiegen.

Er wollte etwas sagen, aber kein Wort würde er jetzt herauspressen können; er zitterte am ganzen Leib und sie zitterte.

Plötzlich ließ sie die Augen sinken, noch einen Augenblick blieb sie stehen und ging wankend an ihm vorüber.

Er erwachte.

Ging hinter ihr leise und vorsichtig. Er schlich die Bäume entlang, ab und zu verbarg er sich hinter breiten Stämmen, denn er fürchtete, sie könnte sich furchtsam umdrehen und aufhorchen, ob er sie nicht verfolgt.

Er sah, wie ihr Schatten sich bei jeder Laterne verlängerte dann wieder kürzer wurde und ganz verschwand – ach! Nur ihren Schatten von der Erde losreißen zu können, dachte er, ihren Schatten – ihren Schatten ...

Plötzlich richtete er sich auf mit jähem Entschluß. Sie erreichen, sie an die Hände fassen – ihr in die Augen sehen – lange, durchdringlich bis tief auf den Grund, ihre Hände in den seinen zerknittern und sie fragen, nur das Eine: Du hast mir den Strauß geschenkt?

Aber plötzlich bog sie um und verschwand, bevor er es vermochte, seinen Entschluß auszuführen.

Er starrte lange in das dunkle Haustor hinein.

Einen Augenblick schien es ihm, als ob sie in dem dunklen Flur stehen bliebe, sich an die Wand anlehnte, daß sie auf ihn wartet und ihn mit ihren Augen ruft – das Weiß ihrer Hände leuchtete auf, die Seide ihres Kleides rauschte, aber nein – er irrte sich.

Und er wollte todmüde nach Hause umkehren ...

Eine schwere, unsagbar stille Trauer breitete sich über seinem Hirn, ergoß sich im Herzen, sog sich ein in das feinste Geäst seiner Nerven.

Nie hat er noch diese Traurigkeit so quälend empfunden.

Das Wunder war vollbracht.

Er liebt sie.

Und erschreckt fragte er sich: Das also ist die Liebe?

Er setzte sich auf eine Bank nieder und grübelte.

Und jäh schoß vor den Augen seiner Seele ein heißer Strom von Frauengestalten, Frauen, die er kannte, die er an sich preßte und in wilder Blutfanfare eins mit ihnen wurde ...

Die da, unergründlich, geheimnisvoll mit dem schillernden Glanz schwerer Seide – kauernd, sprungbereit wie eine Pantherkatze –

Jene mit den süßen Taubenaugen und unflätigem Herzen, sanft wie eine Gazelle und gierig wie ein Raubtier –

Oder jene, deren Leib so kühl war, wie der einer Schlange, oder die Blätter der Wasserrose –

Die wieder schlank und herrlich, ihrer eigenen Pracht trunken –

Oder jene mit den Formen eines göttlichen Epheben, einer biegsamen Damaszenerklinge vergleichbar ...

Sie alle hat er besessen, aber keine geliebt ...

Er verließ sie ohne zu trauern und trauerte nicht, wenn er verlassen wurde, und wenn er seinen Lebensweg zurückblickte, sah er keine gebrochene Blume am Rand – kein gebrochener und verwelkter Ast sagt ihm: hier hat ein Sturm gehaust.

Dies also jetzt ist die Liebe, flüsterte er. Die Stunde des Wunders ist gekommen.

Jäh warf er aus seinem Gehirn die lüsternen Bilder brünstiger Hetären und unschuldiger Täubchen, gehässig sah er nach den verschwindenden nackten Leibern, dem Chaos lustschreiender Arme und Beine, den ersterbenden, zuckenden Orgien trunkener Sinne und mit kindlicher Andacht flüsterte er leise vor sich hin:

Die Stunde des Wunders ist gekommen, die Stunde des Wunders ...

Und er grübelte – endlos ...

Ja, er liebte sie.

Liebte sie, wie er einst den Lichtstrom geliebt, der sich in der Nacht über das Meer ergoß.

Er sah deutlich den riesenhaften granitnen Leuchtturm, den er lange bewohnt hat, hoch oben auf der höchsten Felsspitze eines Vorgebirges.

Und er entsann sich deutlich an die seltsamen Formen des Felsens. Als ob eine himmelstürmende Woge plötzlich versteinerte in dem Augenblick, als ihr spritzender, schaumgepeitschter Rücken bersten sollte, um sich in ein abgründiges Wassertal zu stürzen.

Und auf dem zerzausten, zerrissenen Kamm der versteinerten Höllenhengst-Mähne schoß hochempor der granitne Turm.

Stundenlang saß er da oben an dem Herd des elektrischen Lichtes, sah durch die riesengroßen Glasprismen der Laterne auf das ewig neue Lichtwunder da unten auf dem Meer.

Er sah den Lichtstrom, wie einen Keil, der sich über die Ränder goß in der weltenverlorenen, stillen, dunklen Öde der Wasserflut in den Mondglanznächten.

Eine lichttrunkene Hand legte sich mit weichem Glanz auf den Schoß der Geliebten, zerfloß auf ihm, glitt auf und ab, wie verlangende, schweigende Lippen auf der zitternden Brust des geliebten Mädchens irren.

Ganze Nächte sah er dieser unendlich weichen, zitternden Liebkosung zu, dieses Gleiten und Irren dieser lichtdurchsättigten, traumbefangenen Hand.

Und wieder sah er, wie das Licht in die gerunzelte Flut goldene Fäden einwebte. Wie weit das Auge reicht, nichts als das goldene Spinngewebe feinster Spitzen in unermeßlichem Reichtum und Pracht – das goldene Netz weitete sich und weitete in immer größeren Kreisen und immer neue und reichere Fäden verstrickten, verknäuelten die Ringe, verfädelten sie zu immer kunstvolleren Maschen und es war, als ob der Leuchtturm lebendig würde, einer meerbeherrschenden Göttin, welche die Schleppe von goldenen Spitzen ihres hochzeitlichen Brautkleides über das Meer gebreitet hätte.

Dann sah er das Licht des Leuchtturmes, wie es sich in verzweifeltem Mühen in das dunkle Nebelgewölk hineinfraß. Immer neue, immer schwerere Nebelmassen fielen auf das Meer nieder, immer dunkler fingen sich an zu verdichten, bis sie zu einer schwarzen, undurchdringlichen Mauer wurden. Diese Feste stürmte das Licht. Mit mächtigen Keilen warf es sich in das schwarze Mauerwerk, suchte es mit Riesenkrallen zu zerreißen, mit neuen und mächtigeren Strömen zu durchbrechen, vom Meeresgrund zu lösen, aber vergeblich.

Aber am tiefsten liebte er das Licht, wenn es in wilden Sprüngen auf dem Meer raste und einen wahnsinnigen Veitstanz auf den schäumenden Wellenkämmen aufführte. Wenn die Fundamente des Leuchtturms krachten, als wären sie von einem Erdbeben erschüttert, wenn der rasende Orkan ungeheure Wassermassen gegen die Prismen der Laterne warf – dann weinte er vor unermeßlicher Liebe für das Licht.

So, ach so, war das Licht, das ihre Augen in seine Seele ihm hineingeschienen haben.

Weich und kosend, wie die weiße, leuchtende Hand, die der Schoß des Meeres streichelte, verlangend mit der Lust schweigender Lippen, die auf der keuschen Mädchenbrust irren – zitternd und spielend in dem goldenen Spitzengewebe, dem hochzeitlichen Kleide, das sich über das Meer breitete, stürmisch und verzweifelt in dem ohnmächtigen Ringen mit den schwarzen Nebelwolken, schmerzverkrampft in dem Kampf des Lichtdrachen mit dem Loki des Meeres.

Und im selben Nu, in der Stunde des großen Wunders formte sich ihm die ganze Welt um. Alle Formen und Gestalten kleideten sich in die schlanke, biegsame Linienpracht ihres Körpers, die ganze Sintflut von Farben, der ganze Lichtozean des Alls ergoß sich in einen dunklen, heißen Glanz, der um ihre Augen kreiste, aus dem unermeßlichen Chaos von Tönen, Bewegungen, Harmonien vom Flüssigen und Festen blühte auf ein wundersames Lied, ein Lied, das sie war – sie, die Einzige.

Dazu hat ihn die Erde geboren, dazu ihre Gestalt in seine Seele eingezeichnet, damit sich ihre eigenen Linien in der verkörpern, die er suchte, sich in sie ergießen wie eine seit Ewigkeit vorbereitete Form?

Dazu ergoß sich in seine Augen das Wunder der Mondnächte über den öden Brachfeldern und der Lichtschmerz über dem Meer und der jauchzende, zitternde Sonnenglanz über den mittaglichen Heimatsdächern – dazu brannten sich in ihn hinein die Farben sonnverbrannter Steppen und giftiger Sumpfblumen, damit nur ihr Augenlicht bis auf den Grund seiner Seele sich bohren und dort sein Innerstes und Heiligstes aufwecken, damit der Glanz ihrer Haare sich schmeichelnd um seine Nerven legen, und der Ton ihres Körpers ungeahnte, niegekannte Lust göttlicher Harmonie auf seiner Seelenharfe spielen könnte?

Und dazu ächzte und stöhnte seine Erde diese unsäglich traurigen Klagen, dazu dröhnten die Glocken bange Ahnungen, und auf dem Brachacker sang der Wind weltfremde Schmerzen in den Takt der wogenden Weizenfelder, damit jede Zuckung ihres Körpers, jede feine, biegsame Bewegungswelle mit der Form seiner Seele eins würde?

Er rieb sich die Stirn und konnte es nicht fassen.

Dazu lebte alles um ihn herum, dazu bildete und erzog sich seine Seele, um die Form zu schaffen, welche die Unbekannte ausfüllen sollte?

Er erhob sich und ging.

Ein stiller Triumph ergoß sich in seiner Seele.

Er ging stolz mit hochaufgerichtetem Haupt, ging wie ein Heerführer in dem Gefühl eines unendlichen Machtbewußtseins. Trug er ja doch eine Sonne in seiner Brust – das ganze All, die tiefsten und geheimsten Rätsel des Alls.

Er ging still und groß, denn seine Seele hat ihm ihre dunkelste Tiefe geoffenbart, ließ ihm die geheimsten Runen, die in ihrer Rinde eingegraben waren, deuten und er ging hehr mit dem Schatz der Sonne in seinem Inneren.

Ging immer schneller den steilen Pfad hinauf, aber er ging leicht, als wäre er durch eine fremde Kraft getragen, bis er endlich eine Anhöhe erklomm.

Er sah in die Tiefe – dort unten in dem Tal zu seinen Füßen – dies wogende Meer von Dächern, das in einem feinen Lichtdunst gebadet schien – das war seine Stadt.

Und in der Ferne hinter der Stadt ein Gebirgszug in gebogenen Linien, im Zickzack in verbogenen Kurven: ein wirres Mäanderschema von Hügeln, die sich nahmen, Anhöhen, jäh aufschreckenden Felszacken, schäumenden Wogen vergleichbar, die aus der Tiefe des Horizontes hochspritzten, schäumten, sich übereinander hochtürmten; und alle Anhöhen waren mit Kastanienwäldern bewachsen. Grüne Kastanienberge mit einer Schneedecke von weißer Blütenpracht. Hei! Wie flackerte das weiße Totenkerzenlicht der

Blüten auf dem grünen Damast, der von dem Himmel sich bis in die Stadt hinunter zu gießen schien!

Und plötzlich breitete sich sein Herz in einem niegekannten Machtgefühl. Er wuchs in den Himmel, er streckte seine Arme aus, ein wildes Geschrei mühte sich in ihm hoch, um dem Weltall die Sonne zu zeigen, die er in seinem Herzen trug, er fühlte, daß er Licht ausstrahlte, er ging wie von einer Lichtwoge umbraust, fühlte daß er, über das Sein erhoben, die Himmelfahrt feiere.

Und wieder fiel er zusammen.

Sein Sinn schlug um.

Nach Hause!

Es wurde spät, die Laternen hat man ausgelöscht, und er ging in dem dämmrigen Halbdunkel der breitgeästeten Kastanienallee wie in einem traumwirren Schlaf. Er ging und wußte kaum, daß er geht.

Eine wütende Sehnsucht zerfurchte tief seine Seele, es kochte und brodelte in seinem Hirn.

Und doch trug er sie in sich, die Sonne, das Weltall – dies alles barg sein Herz – wonach sehnte er sich noch?

Er lächelte still vor sich hin.

Ihr Gesicht so seltsam hell und durchsichtig, ihre Augen so groß und erschrocken, ihre Gestalt so schlank und biegsam wie junges Schilf im Frühlingswind ...

Das Fieber zehrte an ihm.

Kam nach Hause und warf sich auf das Bett ...

Die Nacht erstarrte in der Luft. Die Nacht versteinerte, kein Lichtstrahl könnte sich durch das schwere, granitne Nachtgewölbe durchstehlen, das mit einem massigen, schwarzen Regenbogen über der Erde lagerte ...

In der dunklen Nacht schrien verzweiflungsvoll große Blumen nach der Sonne, verkrampften sich in qualvollem Leiden, richteten sich wieder auf, schossen jäh empor wie in den Konvulsionen der Starrsucht, warfen sich zur Erde in Choreakrämpfen, bogen sich spiralförmig wie in den Delirien der Besessenheit und ganze Felder weißer Narzissen starrten in sinnloser Verzweiflung mit blutigen Augen vor sich hin.

Weiße Narzissen mit Augen, die brachen und mit Blut übergingen, mit Blut, das auf den Stengeln langsam niedertroff in großen schweren Tropfen.

Und über dieser weißen Öde, gesprenkelt von den roten Flecken blutiger Tränen, ragten hoch empor zwei stolze, schlanke Stengel; zwei weiße Sterne tanzten in der Luft, reckten sich höher und höher, zerrissen mit trunkener Hoffnungslust das Dickicht des Dunkels, legten die Köpfchen leise aneinander und ihre Augen verflochten sich in dem Schweigen heiliger Ahnungen.

Er sah lange die einsamen Blumen, lächelte leise und ging weiter.

Er arbeitete sich mühsam durch ein Dickicht von ungeheuerlichsten Blumen, die jegliches Gift, jegliche Fäulnis der Erde in sich aufzusaugen schienen.

Er irrte zwischen nassem Sumpfgestrüpp, unter riesengroßen Nachtschattenbäumen, die in violetter Trauer prangten, ging an ungeheuren Tollkirschenhecken, überreich an schwerer, wie gebeiztes Ebenholz glänzenden Traubenlast, Bilsenkrautgebüschen, die mit ihren schmutzigen aschfarbenen Blüten mitternächtlichen Graus schrien, blasser Schirlingwald vertrat ihm den Weg, an den Gräben schreckten ihn die vom grauen Star überzogenen Augen des Stechapfels, die hohen Stauden des Tollkrauts schlugen ihm ins Gesicht, es blendete ihn der Hahnenfuß, der in der roten Glut des Almfeuers brannte.

Und tiefer und tiefer arbeitete er sich hinein in dies schauerliche Giftreich, bis er plötzlich in tiefstem Schreck stehen blieb.

Von allen Seiten verengerte sich der Raum, von weiter Ferne schien er heranzurasen, machte immer mehr den Platz um ihn enger und schmäler, umringte ihn mit einer Mauer und er sah sich plötzlich in einem geheimen Saal, von der Art eines Tempels von Eleusis, wo seltsame Mysterien gefeiert wurden oder einem Geheimraum des Isisheiligtums, wo die Priesterin ihren Hymen dem gottgeweihten Bock opferte, oder einer von der Göttin Kali bewohnten, unterirdischen Grotte, wo die Thuggs den Opfern von giftigen Schlangen das Augenlicht aussaugen lassen – vielleicht war er in einer verfallenen Katakombe, wo der Satan mit der Bifurka seines Phallus seine Geliebte in unmenschlicher Brunst verbluten ließ, oder einer Krypta einer mittelalterlichen Kapelle, wo gottschänderische Priester auf dem nackten Leib der Schloßherrin die schwarze Messe feierten ...

Erstaunt und schreckerfüllt sah er sich um.

Von der Wölbung hing eine Lampe herunter, dichtbesetzt von Rubinen, menstruierenden Eiern vergleichbar, faustgroßen Diamanten von dem blassen Licht eines Ödems, kostbaren Steinen, die wie Sarkomeklumpen an der Lampe hafteten, Onyxe, Berylen, Chrysolithen – und durch das giftige Wasser des kranken Edelgesteins ergoß sich eine Flut von Licht verreckender Rubinsonnen durchglüht von dem grünen Irrlicht-Golfstrom der Smaragde.

Und in dem grausigen Zauber des Lichtes, das einst vielleicht die fieberkranke Erde bei ihrem Werden in die sinnlose Zeugungsbrunst peitschte, da sie noch kochte und überschäumte von Feuer und Esse, erblickte er längs um die Mauer ein seltsames Ornament, das das Gesims bildete.

Ein und dasselbe weibliche Gesicht mit einem immer neuen Ausdruck, immer neuer Trauer, Verzweiflung, Leidenschaft, Gier, Verlangen ...

Das war ja ihr Gesicht und das unendliche Lied ihrer Seele, dachte er erstaunt.

Er sah sie rein und unschuldig wie ein Kind mit den Augen einer weißen Tuberose – still wie der Abglanz blasser Sterne im dunklen Strom – weich wie das Echo einer Hirtenflöte in der Frühlingsnacht, durchsättigt von dem berauschenden Fliederduft –

Dann wieder traurig und gramvoll, wie die Blüte einer schwarzen Rose in der erstickenden Julihitze – (nur ab und zu entreißt sich aus der Seele ein wilder Schrei, wie der geborstene Klang eines übermächtigen Akkordes, der die sonnverbrannten Graswogen der Steppe durchfurcht) –

Dann wieder jäh und verlangend, wie die Blüte des Mohns, die in der Wollust der Hingabe erstirbt: als ob sich durch das traumschwere, lustheiße Weh von neuem eine Schlange gieriger, heißer Töne, die Lustqual und Gier atmeten, hindurchschlänge.

Einmal sah er ihre Augen schwimmend in dem Nebel des Rausches, dann wieder frech und ausgelassen, als wären sie umfangen von dem Gift des indischen Hanfes – in einem Gesicht sah er ihren Mund wie die geöffnete Blüte einer mystischen Rose, dann wieder aufgequollen in dem Schrei eines geöffneten Orchideenkelches – stolz und unzugänglich wie die Blüte einer Aglaophotis und verächtlich wie Löwenmaul ...

Eine endlose Reihe von Köpfen – eines und desselben Kopfes – in allen Ausdrücken in ewig neuem Wechsel und Veränderung: eine unendliche Skala von Trauer von dem ersten Erzittern der Sehnsucht bis hinab in den tiefen Strudel irrsinniger Verzweiflung – das ganze endlose Liebeslied von dem ersten Aufzucken des Herzens, das die Adern mit Blut überströmt durch alle Liebesglut, durch alles unwissende, gierige Verlangen bis hinab in die Hölle von Brunst, die nie gesättigt, durch nichts gestillt werden kann – der ganze Sturm des irrsinnigen Liebeserotismus von dem ersten Aufkeimen des Lustgedankens, der, einer giftigen Spinne gleich, das Hirn umstrickt bis in jenes düstere, gellschreiende qualächzende Chaos hinab, wo die Seele sich selbst verliert, zerbirst und in Scherben auseinanderspringt.

Und plötzlich: Alle diese Köpfe begannen sich von der Wand loszulösen und wurden lebendig, sie fingen an sich zu formen und Gestalt anzunehmen – Arme, wollüstige, wollustgespannte, trunkene, schreiende Arme streckten sich ihm entgegen, nackte Weibergestalten drangen aus den Wänden heraus, stiegen zu ihm herab, warfen sich auf ihn, umwälzten ihn mit der Flut gierigen, abgrundstiefe Lust versprechenden Leibern – ein höllisches Lachen, Weinen, Ächzen, Kreischen tobte in dem Saal, brach sich an den tausend Ecken und Kanten des seltsamen Saals – keuchende Arme schlangen sich um ihn, warfen ihn auf und nieder, er erstickte in der wahnsinnigen Fleischeshysterie, in dem tollwütigen Orgiasmus einer entfesselten Höllenbrunst. Rings um ihn eine grausige Orgie von verflochtenen Gliedern, die sich voneinander nicht losreißen konnten in den schreienden Spasmen einer gräßlichen Kopulation, die entsetzlichsten Bilder der widernatürlichen Unzucht rollten sich von seinen Augen, es raste der wahnsinnige Sabbat von Blut und Sperma.

Und in einem Nu verschwand alles.

Er sah sie aufs Kreuz gespannt in der ganzen Pracht ihrer Nacktheit. Um ihre Arme wanden sich goldene Schlangen, ihre Knöchel waren umwunden von goldenen Schlangen und um ihre Hüften ein breiter goldener Gürtel, den auf dem Nabel eine Spange schloß, eine kostbare Lotosblume, funkelnd vom seltensten Edelgestein. Sie sah ihn an mit halbgeschlossenen Augen – hinter den langen Augenwimpern krochen hervor lüsterne Schlangen lockenden, schmeichelnden Flüsterns – sie wiegte sich wollüstig auf dem Kreuz, ihr Schoß zuckte, ihre Brüste streckten sich ihm entgegen, heiß und saugend klang ihre Stimme:

Erinnerst du dich, wie mein Vater mich nackt, voll von Scham und Angst vor deinen Thron geschleppt hat?

Denkst du noch, als du auf dem Thron, zitternd, lustschreiend saßest und nach mir deine Arme strecktest?

Ich war rein wie eine Lotosblume, da sie den Gott gebar – du hast die heilige Lampe meiner Seele zerschlagen, du hast ausgegossen die Glut, die in meinen Adern gefesselt war, meine Seele hast du mit dem Gift des Verlangens und wilder Lustträume zerfressen, um mich dann kreuzigen zu lassen.

Ihre Stimme gellte auf in keuchender Leidenschaft:

Erinnerst du dich, als deine Eunuchen goldene Nägel in die weißen Lilienblüten meiner Arme trieben – Blut spritzte in heißen Strahlen und ich habe dich gehöhnt, ich spie Flüche und Verwünschungen in dein Gesicht, ich biß deine Seele mit dem Gift meiner Rache ...

Komm, komm, du armer Sklave des Blutes, das du in die Raserei des Irrsinns gepeitscht hast, in meine Umarmung, die du nie gekostet hast – komm in die Hölle und die Unzucht, die du in mir entfesselt hast – du hast mich gekreuzigt und wälzest dich im Staub vor mir ...

Kriech doch näher heran – näher noch! Leck doch meine Füße, daß sie sich krampfen in der Fieberglut deiner Lippen – oh – noch – kräftiger, inbrünstiger noch!

Er kroch an sie heran ...

Und ein gräßlicher Schrei: O, Astaroth, Astaroth, Mutter der Hölle und der Unzucht!

Aber im selben Nu umgoß seine Stirn der Atem, ein unendlich reiner, heiliger und keuscher Atem von stillen Lilienhänden ...

Er hatte Angst seine Augen aufzumachen – er fürchtete, es sei wieder ein Traum – diesmal ein heiliger Traum des Ewigen ...

Spurlos verschwand der höllische Spuk und Graus, er fühlte wie ihre Hand über seine Stirne strich, wie sie ab und zu mit stillen, keuschen Lippen ihm die Augen schloß, und die Seide ihrer Haare mit kosender Gnade über seine Arme sich ergoß.

Er fühlte ihre Hand in der seinen, er sah zwei Sterne ihrer Augen, die niegekannte Seligkeit in sein Herz hineinleuchteten ...

Ja, das ist sie – sie – die Todesstille, die Keusche, die Heilige – die ist es, die ihm einst den Blumenstrauß geschenkt hat ...

Es war schon spät am Mittag, als er todmüde und fieberkrank von dem Bett sich mühsam aufraffte.

Warum meidet sie mich, warum flieht sie vor mir! dachte er verzweifelt.

Seine Gedanken verwirrten sich, tausend Pläne, tausend Beschlüsse kreuzten sich in seinem Hirn und tausend Blitze glitten über seine Seele, bis er endlich erschöpft auf den Stuhl sank.

Nichts konnte er verstehen.

Er durchdachte seine ganze Qual, sein Rasen und Irrsinn, die er durchlitten, seit sie ihm die Blumen geschenkt hat.

Der Schmerz stieg in ihm hoch und ein wilder Haß.

Aufs Kreuz lasse ich sie anschlagen, ans Kreuz! wiederholte er mit irrem Lächeln.

Er schloß die Augen und weidete sich an der Todesangst seiner Sklavin:

In einem riesigen Palasthof, irgendwo in Sais oder Ekbathana.

Rings standen seine Krieger in schwerer silberner Rüstung und goldenen Helmen – die Schuppen ihrer Brustwehr funkelten im blendenden Glanz, und ihre Augen blitzten mit der blutdürstigen Gier wilder Raubtiere.

Dreimal erschollen die Trompeten: in den Palasthof schleppten die Eunuchen die arme Sklavin.

Sie war irre vor Todesangst, ihre Lippen bluteten, sie keuchte vornüber, fiel rückwärts hin, die schwarzen Sklaven packten sie an den Armen und schleiften sie über die von der Sonnenglut versengten Fliesen an den Fuß des Kreuzes ...

Der König schloß die Augen und gab das Zeichen.

Sie warfen sie hoch auf das Ebenholz des Kreuzes, der Henker erfaßte ihre Hände, ein Sklave hielt sie fest um die Hüften, und man hörte das Klopfen des Hammers ...

Aber im selben Augenblick brüllte der König auf wie ein wildes Tier in der Tollwut.

Er riß sie vom Kreuz herab, hielt sie wie ein Kind in seinen Armen, über sein Kleid rann das Blut aus ihren Wunden, er küßte die Wunden und trank das Blut – die Sklaven, die sie anzurühren wagten, ließ er vierteilen, machte aus ihr eine Gottheit und ließ ihr Opfer bringen ...

Ja, ja ... sie war sein Gott und sie sollte von der ganzen Welt fußfällig verehrt werden ...

O Gott, wie er seine Sklavin liebte, er – ihr untertänigster Sklave!

Und warum sollte er sich so quälen?

Er beschloß jetzt plötzlich, sie aus seinem Herzen herauszureißen – nie mehr an sie denken – die Blumen hinauswerfen und das rote Band, das ihn immer so qualvoll an sie erinnerte ...

Aber als die Dämmerung kam, lief er vor das Haus, in dem sie ihm gestern verschwunden war und wartete ...

Endlich erblickte er sie, wie sie aus dem Tor trat – sie sah rings um sich, aber ihn hat sie nicht gesehen.

Er ging leise hinter ihr her.

Um sie nur nicht zu verscheuchen, daß sie ihm nicht plötzlich aus den Augen verschwände! Kaum wagte er zu atmen.

Sie ging schnell, als fühlte sie, daß jemand hinter ihr sich leise schlich – immer schneller – in der dämmrigen Allee heißblühender Akazienbäume flackerte der weiße Schein ihres Kleides wie ein Irrlicht zwischen den Rohrstauden auf einem dunklen Sumpf.

Jetzt war er schon ganz sicher, daß er sie aus seinen Augen verlieren würde, schnell trat er an sie heran, halb bewußtlos und wußte kaum, was er tat.

Sie blieb im tiefsten Schreck stehen und sah ihn sprachlos an ...

– Ich hatte Angst, Sie aus den Augen zu verlieren – sagte er endlich – Sie gingen so schnell ...

Er atmete schwer und schwieg.

Sie gingen langsam nebeneinander.

Er kam ins Gleichgewicht:

– Ich weiß nicht, wie ich es gewagt habe, Sie aufzuhalten, aber in dem Augenblick, als ich Ihnen den Weg vertrat, wußte ich nicht, was mit mir geschieht ...

Er schwieg eine Weile, dann sprach er schnell, kurz abgerissen, hastend und eindringlich, als ob er sich nur die schwere Last vom Herzen endlich abschütteln wollte:

– Sie wissen nicht, wie ich Sie gesucht habe. Tagelang irrte ich auf allen Straßen herum, in allen Kirchen, in den Gartenanlagen und Alleen, um nur einen Blick von Ihnen zu erhaschen – einen Blick nur, nein, nur seinen fernsten Glanz, den geheimsten Atemzug von Ihnen. – Ich kannte Sie nicht, nie früher habe ich Sie gesehen, ich wußte nur das eine, daß ich Sie unter Millionen von Frauen finden werde. Die, die mir den Blumenstrauß geschenkt hat, die mir ihr Augenlicht in meine Seele hineingeküßt hat, kann nur so aussehen wie Sie.

Sie ging immer schneller und er flehte und flüsterte heiß:

– O, wie ich dich liebe, du meine göttliche Sklavin. Meine Erde bist du und mein Lied, alles bist du, was in mir tief und rein ist ... Ich trage dich in mir wie eine heilige Sonne – in dem Abgrund meiner Seele leuchtest du wie der Abglanz eines mächtigen Sterns in dem Sturm der Ozeane – deine Augen wie zwei Tuberosensterne, und jede Nacht schlingst du um mich die biegsamen Weidenäste deiner Glieder ...

Sie blieb zitternd stehen und ließ den Kopf tief sinken.

– Wie oft hielt ich dich in meinen Armen, wie oft habe ich mit unendlicher Liebe dein Gesicht gekost, wie oft deine Augen geküßt, dich auf meine Brust hochgeworfen und aus deinen Lippen göttliche Lust gesogen!

Er faßte sie am Arm. Sie zitterte wie ein Herz, das frisch aus der Brust gerissen wird.

– Sag mir doch ein Wort, nur ein Wort. Ich weiß, daß du mich liebst, daß du mich lieben mußt, denn, wer solche Blumen schenkt, der muß lieben.

Du wußtest gut, daß du dich selbst mir schenktest, als du mir die Blumen gabst.

Wieder schwieg er, sah sie nur an voll flehender Angst.

Sie antwortete nicht, entzog ihm ihre Hand und ging still weiter.

– Sag doch nur ein Wort, flehte er. Wenn du willst, werde ich nie mehr ein Wort an dich richten – erlaub nur, daß ich dir von ferne folge, daß ich ab und zu deinen Blick erhasche, daß ich deine Gestalt, die Musik deiner Schritte, die endlose Harmonie deiner Bewegungen koste.

Erlaub es mir, du weißt nicht, wie ich mich quäle, was für wahnsinnige Träume mich in Irrsinn peitschen – sag nur ein Wort – sag wenigstens, daß ich von dir weggehen soll ...

Er verwirrte sich immer mehr, stotterte, stockte, quälte sich unsagbar, verwickelte sich und vergaß, was er ihr sagen wollte.

Tränen flossen langsam über ihr Gesicht, aber kein Aufzucken, keine Muskelbewegung verriet, daß sie weinte. Sie weinte still das

Blut ihres Herzens aus, sie weinte, wie eine Möwe weint, die den Weg verloren hat, sich schmerzlich zurücksehnt und – nicht zurückkann.

Eine ganze Welt fühlte er in sich krachend zusammenfallen. Eine wüste, hoffnungslose Trauer umfing sein Herz – er ging neben ihr wie in der Stunde des Untergangs, da die Sonne auf ewig verlischt, und die ewige Nacht sich über die Erde schauerlich wölbt.

Er ging, als ginge er an das Ende der Welt, um sich hinüberrudern zu lassen an das geheime Ufer schattenloser Bäume, erstorbener, kalter Friedhofsluft, in der unbewegliche Vögel mit leblos ausgebreiteten Fittichen ruhten.

Etwas von ihm ergoß sich in sie hinein – vielleicht empfand sie dieselbe grenzenlose Trauer, dasselbe Vorgefühl der ewigen Öde und Stille des Todes, sie erschauerte, schob ihren Arm unter den seinen und preßte sich leise an ihn ...

– Ich habe Angst! flüsterte sie leise.

Sie sahen sich an im tiefsten Schreck– Der Atem stockte in ihrer Brust in der Erwartung eines Etwas, das mit dem Jüngstengerichtschrecken über sie kommen sollte.

Und im Nu wälzte sich über seine Seele mit einer gräßlichen Flut von Qualen sein Golgatha der letzten Tage. Ein wilder Zorn brandete in seinem Hirn, er packte sie wütend an den Händen, preßte sie mit eisernem Druck und schrie wütend:

– Ans Kreuz lasse ich dich schlagen! Ans Kreuz, ans Kreuz!

Sie stand einen Augenblick bebend vor Schreck, zitterte wie Espenlaub, dann entwand sie sich seiner wütenden Umarmung und lief im rasenden Lauf dahin.

Er sah sie fliehen, aber die ganze Welt fing an in seinen Augen zu kreisen, Blitze schossen in das Dunkel hinab, eine Sonne stürzte krachend in die Tiefe ...

Lautlos, als hätte ihn jemand mit unsichtbarer Sense gestreckt, fiel er zu Boden ...

Es vergingen viele Tage und Nächte.

Er hatte sich eingeschlossen und ließ niemanden zu sich ein.

Er hatte Angst auf die Straße zu gehen, denn er wußte, daß er sie treffen würde und er wußte, daß auch sie ihn suche, daß sie herumirre und ihn suche, wie er sie gesucht hatte. –

Und wenn es wieder dämmerte, und er ausgehen mußte, dann schlich er langsam an den Häusern und an Alleebäumen entlang. Jedes geringste Geräusch ängstigte ihn, der Widerhall von fernen Schritten schreckte ihn hoch, denn alles, was ihn umgab, eine ganze Welt von Gedanken und Erinnerungen, die ganze Welt hinter ihm war sie.

Er wußte nicht, weswegen er sich so ängstigte. Er fühlte nur, daß, wenn er sie wiederträfe, sich etwas Fürchterliches ereignen müsse.

Und nie hat er sich nach ihr so gesehnt; nie sich so gequält.

Wenn die Welt taub wurde in unermeßlicher Stille, aus den Sternenkelchen die leise Gnade des Lichtes aufblühte und sich niedergoß, wenn zwischen dem Geäst der Kastanienbäume die Trauer des Mondes blutete – dann ach! dann streckte er im verzweifelten Schrei die Hände nach ihr, seine Seele erstarb im wilden Krampf, und er kroch zu ihr, denn es war ihm, als müßten die Entfernungen weichen und sie, umströmt von dem köstlichen Duft der herrlichsten Blumen, die er in seinen Träumen erlebte, umkleidet von dem überirdischen Zauber blauer Himmelspracht werde zu ihm niedersteigen und mit ihren leuchtenden Händen seine fieberkranke Stirn pressen, ihn an sich ziehen und streicheln und küssen ...

Oder anders: sie werde über ihn niederströmen mit der unfaßbaren Gnade der Stille und Ruhe, werde sich in ihm ergießen mit dem Vergessen und in seiner Seele das hohe Lied weißer Träume anstimmen.

Anders noch: Sie wird über ihn kommen mit dem gedämpften Widerhall ferner Glocken, die in seiner Seele ihm die grünen Teppiche seiner Muttererde breiteten, das Herz ihm trunken machen an dem Glanz herrlicher Kindheitserinnerungen, als er noch auf dem Schoß der Mutter die Wunder träumte, die in der jungfräulichen Brust schlummern, auf das Lied horchte, das ihm der heimatliche

See in der gespenstigen Mitternachtsstunde sang und zu den Vögeln hinaufsah, die über den geheimnisvollen Gräbern regungslos ihre schweren Flügel breiteten und in Gärten herumirrte, kostbar von schwarzen Bäumen, an denen ungeheure Dolden von schweren goldenen Blüten herabhingen.

Er sehnte sich nach ihr und er hatte sinnlose Angst, sie wiederzusehen.

Einmal glaubte er sie durch das Fenster zu sehen. Sie preßte ihr Gesicht an die Scheiben und sah ihn an mit Augen wie ein ersterbendes Doppelgestirn.

Das war ein Schmerz, der keine Kraft mehr hatte aufzuschreien oder zu stöhnen. Nur ein veräscherter, sterbender Feuerscheit auf dem Herd. Nur das letzte Aufprasseln der Totenkerzen am Katafalk, von dem man bereits den Sarg geborgen hat. Nur das letzte Aufatmen vom Wind, der auf die Erde niederfiel und gebrochen durch die herbstlichen Stoppelfelder hinkeucht.

Er sah hin im tiefsten Schreck, wich zurück – nur die Augen blieben schmerzlich haften an dem durchsichtigen Gesicht und ihrem verendenden Doppelgestirn. Er stützte sich zitternd an der Wand, wie ein Totenlaken flog etwas an seinen Augen vorüber – und alles verschwand plötzlich – mit unsagbarer Angst starrte er in die tiefste Nacht der Vorstadt.

So vergingen Tage und Nächte.

Bis endlich der Schmerz brach und er die kranke Sehnsucht überwältigte.

Er mußte ihr nur noch etwas zum Abschied sagen, sein letztes Lied herausschreien.

Als er auf die Estrade trat, sah er niemanden. Er fühlte nur den heißen Atem einer tausendköpfigen Menge. In seinen Augen flimmerte das grüne Licht riesiger Leuchter, eine Sekunde lang erzitterte sein Gehirn mit dem Gedanken an sie – er wollte hinsehen, wo sie saß, wo sie sitzen mußte, er fühlte ihren Blick flackernd auf sich irren, aber plötzlich verschwamm alles und eine unsagbare Ruhe breitete sich in seiner Seele aus.

Die Ruhe und Stille vor der Schöpfung.

Unter seinen Händen strömte ein übermenschlicher Gesang:

Er saß auf dem Golgatha zu den Füßen der aufs Kreuz gespannten Menschheit. Wie ein Orkan wälzten sich über seine Seele Jahrhunderte von Qualen und gräßlicher Martyrien, eine ganze Ewigkeit von Verdammnisleiden, zuckender Schreie nach Erlösung; höllischer Flüche und heulender Krämpfe nach einer Sekunde von Glück. Das ganze Leben des Seins feierte in seiner Seele eine düstere Messe voll entsetzlichen Grauens –

So saß er zu Füßen des Kreuzes und starrte in die finstere Nacht, über ihm die Sonne, mit schwarzem Flor umhängt.

Er schlug mit rasender Faust gegen die Himmelspforten, fluchte dem Schicksal, das ihn leben, sich in Not wälzen, sich mit Ekel und Abscheu bespeien und tief in der Hölle ewighungriger Dämone der Sinne verfaulen ließ.

Ohnmächtige Wut der Rache heulte in seinem Gehirn, ohnmächtiges Verlangen nach Vergeltung kocht in seinem Blut, und aus der heiseren Kehle riß sich ein gräßlicher Schrei heraus: Wo ist das Ende, und wo der Anfang? Wo ist die Ursache, wo das Ziel?!

Er ging mit dem irren Stern auf der Stirn und führt mit einer blutigen Fackel eine kranke, entsetzte, vor Furcht bebende Menge hinter sich. Durch das Dickicht der tiefsten Nacht arbeitet er sich blutüberströmt hindurch unter allen gespenstischen Schrecken hinab in die unterirdischen Gänge, wo unbekannte, erträumte, dunkel geahnte Schätze verborgen liegen. Er geht voran, stolz und unzugänglich, aber sein Herz zerwühlt die Angst und Verzweiflung: werde ich sie finden können? Ich habe sie der Menge versprochen, – wie lange werde ich noch herumirren?

Und im Nu war er das Allsein, das in Millionen von Sternen zerbarst, in Milliarden von Getiergattungen sich verkörperte und wieder zu einer Einheit in ihm wurde: eine Unendlichkeit von Gefühlen, eine Unendlichkeit von Schöpfungen und Erden.

Eine ungeheure Sonne trug er in seiner Brust, ging, flog in die Höhe. Höher und höher, verlor das Bewußtsein seiner Allmacht, seines Willens und Seins – weiße Flügel breitete er von einem Pol zum anderen und schwebte in schwerem Grübeln über der Welt.

Es brach der Zorn und der Schmerz des Lebens – das Leiden erstarrte und die Sehnsucht, denn in der Dämmerungsstunde schlief die Erde.

Und in der Tiefe wogen die Getreidefelder in träumender Trunkenheit, und in der Tiefe dämmert gespenstisch das öde Brachgefilde, und in der Tiefe schrecken auf dunklen Sümpfen flackernde Irrlichter – ach – in der Tiefe breitet sich in dem schwarzen Abgrund des Sees der Himmel und aus seinem Grund blühen herauf blasse Sterne und weben auf der glatten Fläche den stillen Zauber versunkener Kirchen ...

Sehnsucht umfing schwer und drückend sein Herz.

Und wieder schritt er dahin, er, der erdgeborene Sohn, ging voran mit dem heiligen Glauben, daß er die Erlösung bringt, aber mit tiefstem, traurigsten, weltvergessenen Schmerz wußte er, daß man ihn werde kreuzigen lassen ...

Er schleppte sich seinen Todesweg hin mit blutenden Füßen, blutiger Schweiß trat ihm auf die Stirn und in seiner Brust ein Gehenna von Qualen ...

Er fühlte, daß er etwas auf den Armen trage, er trug es andächtig und mit unendlicher Sorgsamkeit – aber er sah niemanden ...

Und plötzlich, etwas wie das Rauschen eines Kleides im Zimmer – wie das Leuchten eines heißen, verlangenden Augenpaars.

Er schrak hoch.

Nein, nein – das war kein Traum.

Kein Traum mehr!

Sie war es, sie, leibhaftig sie!

Sie stand an der Wand und atmete tief.

Sie sahen sich an, erschreckt, stumm, zitternd.

– Ich bin zu dir gekommen, flüsterte sie – ich bin gekommen, die Sehnsucht und das Verlangen zerfraßen meine Seele.

Und sie sank in seine Arme.

O Stunde gottestrunkenen Glücks, Stunde des Wunders, in der zwei Seelen ineinanderfließen!

– Hast du Angst vor der Sünde? fragte er sie heiß und zitternd.

– Ich liebe die Sünde, ich liebe die Hölle – mit dir – mit dir ... Und sie warf sich in seine Arme besinnungslos – weltvergessen ...

*

Und er sprach zu ihr:

– Ich wußte nicht, was Glück bedeutet, jetzt weiß ich es.

Mit dir koste ich das Glück und heilige unerschöpfliche Lust.

– Die Stunde des Wunders hat sich erfüllt, lachte sie mit leisem, irren Lächeln.

– Nie konnte ich ein Weib mit mir verschmelzen, flüsterte er innig – du strömst in meinen Adern wie ein goldener Golf von Sonnenstaub.

– Die Stunde des Wunders, die Stunde des Wunders! wiederholte sie leise in bebender Verzückung.

Stille.

– Warum weinst du? er erschrak.

Sie streichelte sein Haar, sie nahm sein Gesicht in ihre kleinen Hände, preßte sich noch heftiger an ihn, umfaßte seinen Hals mit den Armen und wieder irrten ihre weißen Finger in seinem Haar.

– Warum weinst du?

– Vor Glück! sie schluchzte leise.

Und er umfing sie mit zitternder, gottseliger Liebe, flüsterte ihr die heißesten Worte zu, unablässig dieselben Worte in irren Sätzen, er wiegte sie hin und her und wiegte, wie man ein Kind in liebenden Armen beruhigt.

Sie weinte nicht mehr.

Sie preßten sich eng aneinander, wie sich zwei Kinder im frischen Heuschober aneinander schmiegen, wenn über ihnen ein wütendes Gewitter rast und der Himmel schwere Blitze über die Erde sät.

– Ist dir gut so?

– O mein Geliebter, mein Einziger – du, du ...

– Dein, dein! wiederholte er unaufhörlich.

– Jetzt bleiben wir immer zusammen? fragte er mit tiefster Angst.

Sie antwortete nicht, nur unablässig durchzuckten sie heiße Schauer ...

– Ich werde den Kreuzweg antreten, – ans Kreuz lasse ich mich nageln. – In der Stunde des Wunders hat sich mein Leben erfüllt ... Frag nicht, nimm mich, preß mich noch fester in dich hinein – fester noch – töte mich!

Langes, schwüles Schweigen.

Und wieder sprach er zu ihr:

– Erinnerst du dich, wie ich dich in furchtbaren Stürmen durch den Urwald trug? Der Himmel schien auf uns niederzustürzen – um uns tanzten grüne Reifen von Blitzen, mächtige Äste der Kokospalmen barsten mit dem Krachen und Schreck einfallender Gewölbe und verlegten uns den Weg mit einer immer höher anwachsenden Mauer, ab und zu zerspaltete der Blitz einen tausendjährigen Stamm, so daß die Scheite um den Wurzelboden sich rings neigten und zu Boden fielen wie riesige Blätter von dem Kelch einer welkenden Blume. Der Orkan warf uns hoch und wieder zu Boden, wir stolperten, fielen, schlugen uns wund an den Bäumen, aber ich riß mich wieder auf, fiel, kroch auf den Knien weiter, kletterte über die Haufen gebrochener Äste, über die toten Leiber der Urbäume, aber ich ging, denn ich trug dich auf meinen Armen, und das Gewitter des Verlangens, das in mir tobte, war stärker als alle Gewitter, die jungfräuliche Urwälder vom Boden wegfegen.

Sie antwortete nichts.

– Und erinnerst du dich, wie ich mit dir floh durch den Brand lichterloh entzündeter Steppen? Der Wirbelwind des Feuers raste hinter uns, wuchs mit gräßlichen Säulen in den Himmel hoch, wälzte sich auf der Steppe in ungeheuerlichen Strömen, und ich lief, lief in irrsinnigen Sprüngen eines gehetzten Raubtiers mit dir auf meinen Armen, ich flog über den von Höllenfeuer versengten Boden, und ich war stärker als das Feuer, es erreichte uns nicht, denn ich trug dich auf meinen Armen, und ein stärkeres Feuer als das auf der Steppe wütete in meinen Adern.

Sie antwortete nichts.

– Erinnerst du dich als ein wahnsinniger Malstrom unsern Kahn erfaßt hat? In einem Augenblick warf er den Kahn bis auf den Grund des gräßlichen Schlundes, erbrach ihn wieder und stürzte jäh auf wie ein Holzstück auf die rasenden Wogen, wieder umfaßte er ihn mit seinem rasenden, wütenden Reifen und wieder fiel der Kahn mit der Schnelle eines fallenden Sternes in den grausigen Trichter herab und wieder schoß er hinauf, wie ein Lavastein, den ein kochender Vulkan hinausschleudert, und so flog ich dreimal hinunter und dreimal wurde ich wieder hochgeworfen auf die kochenden Strudel des Stromes, bis endlich unser Kahn auf ein stilleres Wasser fiel. Ich war stärker als der Malstrom, denn ich fühlte wie du meinen Körper umfaßt hieltst, deinen Kopf fühlte ich auf meiner Brust, und in mir selbst raste ein Malstrom stärker als alle der Welt: Du – du in mir – meine Liebe zu dir.

Sie antwortete nicht.

– Siehe! Ich bin der erdgeborene Sohn, ich bin der urewige Adam; in meinem Herzen wütet ein Sturm stärker als jener, der die mächtigsten Urbäume wie trockenes Schilf zerbricht – in meinen Adern rast eine Feuersbrunst mächtiger als jene, die die Grassteppen überströmt und ein weit abgründigerer Malstrom kocht in mir, als der, der das größte Schiff zu nichts zerreibt und seinen Staub auf dem Grund der Ozeane sät:

Liebst du mich?

– Du bist stark, du bist groß, du bist übermächtig.

– Das ist nicht das, was ich von dir hören mag.

Nun höre:

Ich kann mich jederzeit zum König machen, alle Völker zu unseren Füßen werfen, mich der Erde bemächtigen, über Millionen von Sklaven herrschen, ich kann dich ans Kreuz nageln lassen und dich wieder mit meiner Allmacht ins Leben rufen – ich kann mich als der Sonnengott erklären – in heiligen Hainen wird man mir Altäre bauen und Opfer bringen – ich kann vor deine Augen alle Wunder und

Paradiese aller Zeiten und aller Erden zaubern – ich habe alle Schmerzen, alle Qualen der Menschheit erlebt, all ihre Lust und Glück, kann sie in die Hölle stürzen und sie wieder erlösen:

Liebst du mich?

– Du bist ein Gott!

– Es ist nicht das, was ich von dir hören mag.

Hör also:

Und wenn ich dich mit lustheischenden Armen auf meine Brust werfe, wenn dein Haar sich wie eine Mähne sträubt und du dich mit den Lippen in mein Blut einsaugst, wenn ich dein Verlangen in einen Abgrund von Lust peitsche, daß dir die Welt von den Augen verschwindet, und die Ewigkeit in einer Sekunde zerschmilzt, und du ohnmächtig auf mich fährst wie eine vom Hagel gepeitschte Narzissenstaude –

Liebst du mich denn?

Sie lachte auf in seltsamer, irrer, uferloser Lust, umfaßte seinen Körper, rieb die Seide ihrer Haare an seiner Brust und sah ihm dann lange, lange in die Augen; ergoß sich ganz in seine Augen, es war ihm als ob sie sich ganz bis auf den Grund seiner Seele gleiten ließ, sich heiß um sein Herz legte, sich in jede Pore einsog – er hatte sie nicht mehr bei sich, sie war in ihm, in seinem Blut, sie zerschmolz in ihm in langen ewigkeitstrunkenen Schauern:

Ich liebe dich, ich liebe, liebe dich!

Er fühlte im Traum, daß sie still und leise aus seinen Armen glitt – durch den Traum fühlte er, daß ihm das Blut vom Herzen floß, etwas sich von seiner Seele löste –

Aber das war im Traum ...

Er hörte wie Augen in furchtbarer Qual schrien, daß sie im Feuer fieberkranker Sterne aufzuckten, und dann plötzlich erloschen – noch ein weitfernes Aufleuchten und dann eine entsetzliche Stille des Dunkels –

Aber das war im Traum ...

Er fühlte, als ob das unendlich feine Spinngewebe von seidenen Haaren über sein Gesicht striche – hörte etwas wie ein leises Auftreten scheuer Schritte –

Aber das war im Traum ...

Und plötzlich empfand er in sich eine furchtbare Nacht, eine Nacht die erstarrte, versteinerte in der Luft, und er wußte, daß kein Strahl sich mehr durch das finstere Riesengewölbe der Nacht durcharbeiten werde.

Er sprang vom Bette, suchte umher in Todesangst, aber sie war nicht mehr da.

Für einen Augenblick war er wie gelähmt, ein gräßlicher Schrecken schnürte ihm das Herz zusammen, und wieder raffte er sich auf und begann sie zu suchen im wilden Entsetzen.

Die erste Frühsonne ergoß sich mit blauen Lichtströmen in das Zimmer – er suchte, suchte – er sah sie ja doch ganz deutlich vor sich, er faßte sie ja schon an den Armen, er sah doch tief in ihre Augen übervoll von Glück und Seligkeit, er küßte ihr Haar:

Sie war nicht da!

Er wankte, setzte sich, stand wieder und taumelte in das andere Zimmer hinein.

Auf seinem Schreibtisch ein Strauß roter Mohnblumen auf einem weißen Papierblatt.

Er sah lange drauf hin – auf diesen Papierstreifen und den roten Strauß, tastete mit den Fingern, um sich zu vergewissern, ob er nicht träume und endlich wurde er wach.

Er las:

Ich gehe weit – weit weg. Ich gehe in das heilige Reich der Qual hinein, zu meinem Kreuz zurück, auf das du mich genagelt hast. Die Stunde des Wunders ist vollbracht. Such nicht nach mir – du wirst mich nicht finden. Warte nicht auf mich – denn vergebens. Ich gehe ohne dich, aber ich werde nicht mehr allein sein. Ich bin bei dir und mit dir für alle Ewigkeit – und meine Seele wird traurig sein bis ans Ende ...

Er las nicht weiter. Zerknitterte das Papier, schob von sich weg den roten Strauß – ging auf und ab ohne Unterlaß in dem Zimmer und fiel endlich erschöpft auf das Fauteuil hin.

Über ihm das schwarze Gewölbe der Nacht und in seinem Herzen Graus und Schrecken der gespenstischen Stunden ...

Als er erwachte war es schon gegen Abend.

Noch einmal las er ihren Brief durch und wußte, daß die Stunde des Wunders sich erfüllt hat und nimmer zurückkehren werde.

Jetzt wußte er, daß er sie nicht mehr finden würde und auf sie nicht mehr zu warten brauchte.

Alles umsonst!

Er wußte das alles mit einer Sicherheit, die sein Gehirn mit glühenden Nadeln zerstach und er empfand eine sinnlose Trauer und gleichzeitig die helle, unsagbar heilige Majestät des Todes.

Und mit hochaufgerichtetem Haupt ging er weit hinter die Stadt – fernab.

Er ging hinter etwas, worin man ihm die ganze Welt begraben hat, sein ganzes Glück verborgen, seine Vergangenheit und Zukunft versargt.

Er ging hinter jemandem her, der ihn führte, ihn hinter sich schleppte und an ihm zerrte – er wankte, strauchelte, ab und zu fiel er zu Boden, aber wieder richtete er sich auf, denn jemand schleifte ihn mit Gewalt – und wenn er fiel, wickelte sich eine grausame Hand um sein Haar und riß ihn hoch.

Und dann ging er wieder in großen, qualvollen Schritten wie jemand, der vor Schmerz erstarrt war und große, steinerne Tränen in seinem Herzen trägt.

Er sah nichts mehr, hörte nur das Dröhnen seiner schweren Schritte, als wäre er eisenbepanzert, als fiele über sein Gesicht ein schwerer eherner Helm.

Er sah sich erstaunt um.

Er war ja ein großer Führer, seinen dröhnenden Schritt hörte er tausendfach widerhallen, denn ihm folgten tausende erzbeschlagene Ritter.

Er ging an der Spitze durch dunkle Wälder und hinter ihm die Ritter mit blutroten Fackeln.

Er empfand keinen Schmerz mehr, keine Sehnsucht trübte ihm seine Seele, er hörte nur unablässig ihre Worte, die sie ihm Tages vorher in der Stunde des Wunders gesagt hatte, als er sie immer heftiger, mit immer größerer Lust an sich preßte:

Heilig bist du mir, weil du mich in mir erzeugt, das dunkelste und nackendste Geheimnis meiner Seele belauscht, alle ihre schauerlichen Rätsel mir gedeutet hast. Glanz, Licht und Offenbarung bist du mir – die Sonne, in deren Glut mein Herz zerschmolz.

Unablässig wiederholte er diese Worte. Diese Worte wurden ihm zu ihren kleinen weißen Händen, in die er sein Gesicht legte, und er fühlte den Abdruck der tausendfältigen Verkreuzung ihrer Handlinien auf seiner Haut.

Ihre Worte wurden ihm zu dem seidenen Glanz ihres Körpers – oh! mit welcher abgründigen Lust schien er sich hinein in seine Brust, wie weiß leuchtete ihr Körper an seiner dunklen Haut!

Und jedes Wort lebte und zitterte, er hielt es in seiner Hand, es schlug, es schlug ... Er fühlte es in seinen Adern, wie es sich mit dem Blutstrom zusammen in ihm ergoß – rings um sich hörte er es klopfen und sich um ihn in feurigen Ringen ergießen.

Schwer lastete es über seinem Herzen; ein tauber Schrei würgte ihn:

Mutter der Barmherzigkeit!

Aber es gab kein Mitleid mit ihm.

Und wieder brach der Schmerz und wieder hörte er ihre Worte, die sie ihm gesagt hatte in der Stunde des Wunders, als ihre Augen gespenstisch aufflammten und irr über dem Spiegel seiner Seele flackerten:

Ein dunkles Verhängnis brütet schwer über mir, und zu meinen Füßen öffnet sich die Hölle und das Verderben. Meine Seele verblutet an der Sehnsucht nach dem verlorenen Paradies.

Er stand auf der Spitze eines himmelhoch ragenden Felsen. Plötzlich berührte ihn ihre kleine, weiße Hand, und er fiel von einer Spitze auf die andere, zerfleischte seinen Körper an den scharfen Zacken, glitt tiefer und tiefer die Gletscher hinab, in einer tausendstel Sekunde flog vor seinen Augen sein ganzes Leben vorüber – rettungslos wälzte er sich wie eine Lawine in dunkle Höllengründe, bis er Wollust empfand, so zu stürzen, sich so an den Riffen zu zerfleischen.

Er fühlte ihre Macht, ihre Qual und ihr ohnmächtiges Beginnen, denn eine andere, fremde Kraft hat ihn durch sie in den Abgrund gestoßen.

Und zum dritten Mal hörte er ihre Stimme, aber diesmal in seinem Herzen: ein Schrei heißer Finger, die in seinem Haar wühlten, flehende Umarmung ihrer Arme, die keuchende Verzweiflung ihres Körpers, der sich an dem seinen wundrieb:

»Ich gehe, ich gehe schon, such mich nicht – die Stunde des Wunders ist vollbracht.«

Es wurde finster vor seinen Augen, seine Beine knickten ein, als wäre er von hinten in den Rücken mit einem Speer getroffen und im Todesschrei fiel er auf den Boden.

Wachte er wieder auf?

Ja er ritt auf einem wilden, schwarzen Hengst über sonnenverbrannte Steppen. Rings hat die wütende Glut alles aufgefressen, alle Bäche und jegliches Gewässer aufgesogen, nichts vor ihm, nichts hinter ihm, nur die rachsüchtige, weißglühende Sonne und ein Himmel, der in weißem Brand sich verzehrte. Heißer, kochender Nebel, das war die Luft, die er atmete, und die verbrannte Erde versengte seinen Hengst. Der Helm brannte sich ihm mit feurigen Striemen in seine Stirn und seine eherne Brünne senkte seinen Leib.

Er ritt in ohnmächtiger Verzweiflung, denn in seinen Armen erstarb vor Durst die, der er sein eigenes Blut zum Trinken geben möchte.

Langsamer und schwächer schleppte sich der todesmüde Hengst hin, stolperte, fiel in die Knie, raffte sich wieder auf, sein Hals hing herab, wie ein angesägter Ast – jeden Augenblick, gleich, sogleich, beim nächsten Schritt, würde er tot umfallen.

Und im Nu wieherte er glücklich auf.

Denn plötzlich inmitten dieser Hölle, dieser sengenden Glut in Brand gesteckter Nebel eine Wasserzisterne.

Und schon hob er sie hoch, um sie auf den Boden zu setzen, und ihre Stirn mit Wasser zu benetzen, da plötzlich, als wüchse er aus der Erde hoch, pflanzte sich ein schwarzer Ritter vor ihm auf in einer übermächtigen, gottgleichen Majestät, und seine Stimme dröhnte wie der Ruf der Jüngstengerichtstrompete:

Ich bin es, der die Grenze für jegliches Glück und jegliche Lust dieser Erde setzt –

Ich bin es, der vor jedem Anfang war und jedes Ende überdauern wird:

Gott, Satan, Schicksal!

Wieder zerrann das gespenstische Gesicht.

Er sah in die Tiefe hinab – dort unten zu seinen Füßen dies wogende Meer von Dächern, das den Schein vom elektrischen und Gaslicht atmete, das war eine Stadt – ja – aber nicht seine – eine fremde Stadt.

Nein! das war nicht seine Stadt!

Und plötzlich sah er sie deutlich vor seinen Augen, eine Stadt in seltsamen Felsen ausgehauen, durchzogen von einem wirren Netz von Gräben, die Stadt des Todes und der Öde, die einstens seine Vorfahren ihm dem letzten Sproß gebaut hatten.

Wieder empfand er eine große, heilige Sonne in seiner Brust.

Dort in dieser Todesstadt wird er sie finden.

Dort – dort!

Sein Herz schwoll in unbekannter Macht, er wuchs in den Himmel hinauf, streckte seine Arme und sprach zu ihr:

Ich gehe zu dir, aber wozu soll ich dich suchen, du durchkreist meine Adern, du bist der Atem meiner Seele, der Drang meines Verlangens, der Zauber meiner Träume, du bist ich.

Und wieder blickte er hinab auf die Stadt, die ihm nun fremd ward.

Dort hat sich die Stunde des Wunders erfüllt.

Aber die Stadt war ihm fremd.

Und wieder sprach er zu ihr und sich:

Du bist eine Sonne, die sich in mir ergossen hat. So oft ich will, wirst du vor mir stehen und mein sein. Aber nicht hier. Ein größeres Wunder wird sich vollziehen dort, wo meine Stadt die wilden Felsen erklimmt, wo der heilige Strom tobt und rast in granitnen Abgründen und in unterirdische Felsen Kaskaden von Stalaktiten erfrorenen Mondlichtes hinabwirft.

Über seinem Haupt erglänzte ein großer, grüner Stern, der ihn in das neue Syon führen sollte, in das neue Jerusch-Halaim, den urewigen Alkazar seiner Ahnen – dorthin, wo in dem geheimen Zauber der Todesdämmerung sich noch ein größeres Wunder vollbringen sollte ...

Er stand am Fenster des Alkazar und blickte auf die seltsame Stadt hinab, die ihm seine Vorfahren vor Tausenden von Jahren erbaut hatten.

Es war Mondnacht und in dem gespenstischen Licht schreckten Formen und Konturen dieser Stadt, die sich in einer seltsam gebrochenen Dächerfläche zu seinen Füßen breitete.

Als hätte die Erde gebebt, das glatte, felsige Terrain sich gebogen und gebrochen, die mächtigen Felsmassen sich übereinander geschoben, ineinander gekeilt, zu Pyramiden aufgetürmt oder sich in gezackten Wellen ins Land ergossen.

Es sah aus wie eine Miniatur-Gebirgskette, die auf einem kleinen Platz zusammengedrängt war mit tausend Spitzen, Tälern, Riffen, Abhängen, jähen Schluchten und unerwarteten Aufrissen, und hoch oben auf der äußersten Spitze breitete sich ein mächtiges Felsenplateau, darauf stand die herrliche Fürstenburg, der uralte Alkazar.

Er sah lange auf die Stadt dort unten. Er sah tausend scharfe, schwarze, seltsam ineinanderverschlungene Konturen der Straßen, die das riesige Dachterrain zu einer absonderlichen Zeichnung fügten.

Diese ganze weiße Dächerfläche sah aus wie ein heiliges, geheimes Ornament, das ein Gewirr von mystischen Arabesken bildete.

Und es war, als hätte die Hand eines gewaltigen Magiers in der weißen Oberfläche des mächtigen Felsens heilige Runen seines tiefsten Wissens eingehauen.

Von der Höhe des Alkazar sah die Stadt aus, als wäre sie nicht erbaut, sondern aus den Aushöhlungen des Felsens gebildet.

Breit lag die Stadt vor ihm, ein unermeßliches Katakombengrab, überragt von dem Alkazar, der stolz, ernst und streng mit schlanken Türmen in den Himmel aufstrebte.

Ein Schauer überlief ihn, wenn er daran dachte, einst in diese Katakomben herabsteigen zu müssen.

Er kannte alle Gäßchen, alle Schlupfwinkel, alle Straßen, ihr wirres Durcheinander, die Stellen, wo sie sich kreuzten, sich verflochten oder in Blindsäcke mündeten, er wußte, daß er in diesem Gewirr, diesem verstrickten Knäuel von Straßen sich nicht verlieren könnte, und doch fühlte er einen geheimen Schreck, daß er in diesem Labyrinth irren und nie wieder aus ihm herauskommen könnte.

Und es gab niemanden, der ihm den Weg weisen könnte, denn die Stadt war tot.

In unsagbarer Trauer sah er die Stadt an, die ihm nur Schreck und Angst einjagte.

Und doch sollte sich hier ein großes Wunder vollbringen.

Hier sollte er aus sich gestalten, was der Ton seines Gedankens war, die Äußerung seines Gefühls, die Form seines Willens.

Hier sollte er – denn also hat ihm sein Herz versprochen – die verlorene Geliebte wiedergewinnen – sie aus dem kostbaren Schatz seiner geheimsten Schönheit, seines verstecktesten Seins wiedergestalten.

Aber vergebens hat er gewartet, vergebens seinen Willen in kranken Visionen angespannt – alles vergebens.

Er vermochte nicht, sie aus sich selbst zu formen.

Und wozu ihm diese herrlichen Alkazare, wozu diese Wunder und Zauber, diese furchtbare Totenstadt rings um ihn?

Jäh erfaßte ihn ein entsetzliches Grauen vor diesem ungeheuerlichen Mitternachtsspuk zu seinen Füßen, und mit der ganzen Seele sehnte er sich nach seiner Heimat zurück – nach der Stadt in dem tiefen Tal, das in den Nächten das kostbare Licht atmete, nach den dunklen Alleen, auf denen er tagelang herumirrte, als er sie suchte, nach den dämmrigen Kirchen und den Anhöhen, die sich über der Stadt in dunkelgrünen Stockwerken aufbauten, und mit ihren Kastanienwäldern sich in schwere Damastpracht in die Stadt ergossen.

Und in majestätischen Wogen ergoß sich der unsagbare Zauber dieser heiligen Erde, die schweren Getreidefelder, die sich traumbefangen hin und her wiegten, die Brachäcker, die in heißen Sommernächten fieberten; der geheime, gespenstische Graus der Irrlichter auf den dunklen Sümpfen – ach! – und dieser Himmel, der sich in der Untiefe des Sees gebettet hat, aus dessen Grund der Lichtzauber blasser Sterne aufblühte und über dem stillen Antlitz des schlafenden totenstillen Wassers die düstere Erinnerung an versunkene Kirchen breitet.

Und wieder sah er auf die tote Stadt da unten und auf den rasenden Strom, der die Stadt in der Form eines heiligen Omega umtoste.

Tief in felsigen Schluchten stürzte er sich von einem Katarakte zum anderen, wälzte sich in Wirbeln und Strudeln, warf hinab in unermeßliche Gründe schwere, rauchende, spritzende Wassermassen, schleuderte sie hoch empor an den spitzen, stachelichten, felsigen Cleopatranadeln, die aus dem Bett aufragten, drängte sie in die Spalten und Ritzen der Riffe, die das granitne Ufergelände zerfetzten, er kochte, heulte, schäumte, goß sich mit Höllenhast in wilden Geysiren und Malstromwirbeln.

Lange sah er hin mit einer seltsamen, leidenschaftlichen Ehrfurcht auf diesen heiligen Strom, der eine ganze Bergkette zerrissen, ganze Steinpyramiden durchschnitten, sich Gänge und Schluchten und unterirdische zahllose Korridore ausgegraben hat.

In dem Mondlicht sah der Strom aus, als wäre er aus geschmolzenen Mondstrahlen und dort, wo er in unzählbaren Wasserfällen sich in unterirdische im Granit ausgehöhlte Kanäle hinabstürzte, schien er Kaskaden gefrorener Stalaktiten von kaltem Mondlicht zu werfen.

Mit kranker Lust horchte er auf das höhnische Geheul irrsinniger Gefälle, denn das war die Musik zu der Verzweiflungsmesse, die in seiner Seele tobte – und er sah den gespenstischen, düsteren Glanz der Katarakte, denn in diesem trüben Gräberlicht der Verwesung und schimmligen Kupfergrüns flackerten seine kranken Fieberträume.

Er hielt den Atem an, streckte sich in die Höhe, breitete seine Arme aus und sog gierig das gespenstische Wunder ein.

Entsetzt sah er sich ringsherum.

Es geschah etwas Fürchterliches!

Er war allein, von der ganzen Welt losgeschnitten irgendwo in der Mitte eines Ozeans auf einer Insel, die sich hoch über dem Meer auf einem ungeheuren Basaltblock schwer niedersetzte.

Die ganze Insel war eigentlich nur ein aneinandergewachsener, steiler Fels von Basaltsäulen, ein in abertausend Ecken gebrochenes Vieleck, dessen Seitenwände steil ins Meer flossen, gleich den hieratischen Falten auf den Gewändern byzantinischer Heiligen.

Rings um die Insel sah er das Meer in der Flut. Die Wellenberge keuchten atemlos hochauf, warfen sich empor in wilder, zähnefletschender Kraft und gossen sich über das Plateau der Insel. Zwischen ihr und den felsigen Riffen, die die Insel umkränzten, raste das Meer, drängte sich mit höllischer Macht hinein, ergoß sich in ungeheuerlichen Ansätzen und Rucksprüngen, die zum weißen Schaum zerschlagenen Wassermassen fielen von oben herab in glitzernde Schneewolken, und wurden wieder hochgeworfen, als hätte sich ein unterirdischer Krater geöffnet, der diese Lava herausspie, dieser spritzende, tollgewordene Gischt.

Und es war für ihn eine nieempfundene Lust diesen ungeheuerlichen Kampf der aneinanderprallenden Wasserwogen anzusehen. Von beiden Seiten in dem Engpaß zwischen der Insel und der langen Felsbank rings im Kranze umher stauten sich immer mächtigere, in den Himmel wachsende Wassermassen – sie prallten in der Mitte wütend aneinander, wuchsen aneinander hoch, ohne sich zerschlagen zu können, umfaßten sich wie ringende Feuersäulen kochender Sonnen, warfen sich nieder, sprangen wieder jäh hoch, barsten wie Planetenringe, die sich von dem Mutterkern losreißen wollen – aber schon ergossen sich von der einen und der anderen Seite neue Wasserorkane, die das Meer vom Grund loszureißen schienen.

An dem Horizont schwoll das Meer an in wahnsinniger Macht, sein Schoß wölbte sich in ungeheuerlicher Schwangerschaft in den Himmel höher, noch – noch, noch höher, der ganze Ozean wölbte sich zu einer unermeßlichen Kuppel über seinem eigenen Grund, hoch über der Insel schwebte das entsetzliche Wassergewölbe, aber jäh brach die Kraft, die den Ozean von seinem Grund hochhob. Die Wasserkuppel barst und mit dem Krachen und dem Donner einstürzender Welten fielen die schweren Wasserwolken hinab, prallten vom Boden noch einmal hoch, wälzten sich mit einer Sintflut über die Insel hinab – und es wurde Ruhe.

Aber nur auf einen Augenblick.

Plötzlich stand das Meer in Flammen.

Das war nicht mehr ein Meer, das waren Wogen von geschmolzenem Metall, der kochende Strudel flüssigen Gesteins.

Als wäre die ganze Erdoberfläche wieder flüssig geworden, und raste in vorsintflutigen Stürmen, in gräßlichen Konvulsionen, Zuckungen und Choreatänzen.

In das schwarze Himmelsgewölbe hinauf schossen unerhörte Fontänen von siedendem Metall, zu Tälern gossen sich Ströme von kochenden Erzen, besessene Gesteinsgolfe verkrampften sich miteinander, Wassersierren wüteten in Weltenbränden und Feuer-

Niagaren schienen sich umgewälzt zu haben und schreiende Orkane von Flammen in den Himmelsabgrund zu speien.

Langsam erstarrte das kochende Meer. – Wo vor kurzem noch die Wassermassen sich in den Himmel türmten, sah er rings eine verlöschende Gebirgskette. In einem atmosphärenlosen Licht, das seine fressende Macht verloren hat, sah er über dem Himmel mächtige Farenkräuter ihr vorsintflutliches Violett breiten, in den Wolken verlorene, schwarze Stämme verkohlter Palmen und Zypressen starrten wie ein toter Säulenwald, mit stiller Lust blühten ungeheure Lilienkelche auf, in das Blau der unermeßlichen Neunfarenblätter fraßen die giftigroten Zungen von Orchideen und all das raste in dem entfesselten Farbenorkan: Das Grün, das Violett, Ultrapurpur und überweißer Siedeglanz kämpften miteinander – durch das ächzende Geschrei des flüssigen Eisenrot wanden sich dunkle Fäden von Gebirgsbächen, wie man sie von der weitesten Ferne sieht, auf den dunkelgrünen Teichen der Neunfarenblätter krochen messingfarbene Stauden in unglaublichen Spiralen von mythischen Schlingpflanzen und in das tiefe Schwarz der verkohlten Wälder spritzte die abgeschnellte, blitzhelle Feder des verborgenen Giftes von Curarepflanzen, und auf dem dunklen See des Purpurs wiegten weiße Seerosen ihre traumschweren Häupter.

Er schloß die Augen, er konnte nicht dies rasende Tedeum des Farbenorgiasmus ertragen, aber der Eindruck ergoß sich ihm bis in den geheimen Knotenpunkt, wo sich alle Sinne durchdringen, überströmte von neuem sein Gehirn, aber diesmal mit einer gräßlichen Symphonie von dröhnenden Blasinstrumenten, schmelzender Fagotte, heulender Bässe, kreischender Geigen in der Applikatur, Hörner, die wie apokalyptische Bestien heulten, Klarinetten, die wie Höllenhengste wieherten:

Entsetzt prallte er zurück und lief durch eine lange Pilasterallee bis in die äußerste Tiefe eines unermeßlichen Saals und fiel erschöpft auf einen Teppich, in dem er endlos zu versinken schien.

Unermeßliche Seligkeit umfing sein Herz.

Mit nie gekannter Lust atmete er Ruhe, Stille und Gottgefühl.

In dem weichen, dämmrigen Halbdunkel eines Lichtes, das die porphyrnen Säulen atmeten und das von der dunklen Decke aus

Zederbaumholz strömte und sich mit dem bläulichen Glanz des basaltenen Estrichs innig ineinanderschmiegte, fühlte er plötzlich den Augenblick des heiligen Wunders nahen ...

Der Abend legte sich mählich um die Welt. Das Rot der Porphyrsäulen ergoß sich in dem dunklen Glanz des Ebenholzes; die heiligen Kühe der Kapitäle wurden zu ungestalteten Ungeheuern, das Licht, das sich durch den engen Spalt der Säulenallee hineinzwang, erblaßte, wurde still, zitterte und flackerte wie das Licht einer verlöschenden Fackel.

Und in dieser heiligen Stunde stand er auf und langsam, erhobenen Hauptes, als trüge er die Mitra eines Welteroberers durchmaß er die Säulenallee, blieb auf der granitnen Terrasse seines Alkazars stehen, seine Seele hat sich vom Körper freigelöst und breitete sich aus mit heiliger Gnade über der Stadt und dem Ozean.

Und in der toten Stille der Katakombenstadt wußte er endlich, daß er ganz allein auf der Welt sei, irgendwo auf einem millionenweiten, weit entfernten Stern: er vergaß, daß es noch jemanden außer ihm in dem ganzen Weltall gäbe.

Er war allein da, ganz allein!

Es dunkelte. Die Himmelswunder erloschen, und über die Erde breitete die Nacht den dunklen, schweren Trauerflor.

Seine Seele zitterte und flatterte umher wie ein Vogel vor dem Gewitter in rastloser Unruhe, denn sie wußte, daß die Stunde nahe ist, da sich die Untiefen öffnen, da die Seele alle Geheimnisse durchdringt und in die Pracht ihrer eigenen Nacktheit schaut.

Und es war als ob sich der Raum von allen Seiten verengte, nah und näher an ihn heranrückte, als ob die Linien und Konturen sich von der Stadt loslösten, sich zu neuen Bildungen entformten – das Dunkel schien sich noch zu vertiefen, zu Körper und Gestalt zu werden, und plötzlich barsten die schweren Vorhänge der Nacht und es ward Licht, ein seltsames Licht: ein leuchtendes Atmen duftender Sommernächte, ein kalter, gleichmäßiger Abglanz verborgener Welten – es ward ein Licht, das die Reflexe metallischer Spiegel bilden – ein inneres Licht – das Licht der Seele und des Weltalls.

Und in diesem lichtlosen Leuchten sah er, wie sie ihm langsam entgegenschritt: Sie – Er – Sie!

Sie ging zu ihm wie ein Licht, das sich in dunklen Nebelmassen verirrt – als ob sie sich in Mühe und schwerem Ringen mit ihrer Lichtgnade durch die schweren Nebellasten durchzwängte.

Sie ging wie das Stöhnen der Glocken meilenweit geht über glitzernde Schneegefilde an frostigen Winterabenden, und sie ging so leise wie die Dämmerung, die die Gebirgskoppen überrascht.

In die Schluchten und zerrissenen Riffe drängen sich scharfe, lange Schattenkeile hinein, und schmelzen ein das lichte, sehnsüchtige Violett zu bleigrauem Blau – mit langen, spitzen Zungen beißen sie sich in das Weiß des ewigen Schnees, und langsam düstern nach die kristallnen Funken, ins Dunkel hüllen sich die Spitzen und die Plateaus ein: still, ernst und feierlich gießt sich das Schattenmeer hinab.

Und sie ging wie das weiße Leuchten der Silberpappeln in dem Karfreitagzauber, furchtbar und verzweifelt. Irgendwo auf den schmerzerstarrten Feldern pflanzte sich auf das Windsegel und ächzt und heult und stöhnt, und zum Takt schlagen aneinander die metallisch glänzenden, weißen Blätter.

Er wich zurück.

Und durch den Säulenwald ging näher und näher an ihn heran das silberne Leuchten, der stille Lichtschein, der die Vorhänge der Nebel durchriß – eine Wellenbrandung des Stöhnens schwingender Glocken, die düstere Dämmerungssehnsucht, die von den Anhöhen in das Tal strömte.

Immer tiefer wich er in die weiten Gründe seines Alkazars, fiel auf sein Gesicht und stammelte:

– Bist du endlich gekommen? Meine Seele blutet und ihre Flügel sind zerfetzt – über Berge und Meere bin ich hergekommen – mich tötet der gespenstische Schrecken dieser Stadt, aber hier harrte ich deiner, denn mein Herz sagte mir, hier werde ich dich finden ...

Totenblasse Stille rings um ihn ... Er erschrak, daß er vielleicht nicht zu ihr spräche ...

Er kreuzte seine Arme und flehte in inbrünstigem Flüstern:

Wer bist du?

Und durch seine Seele ging eine Stimme wie das Aufleuchten eines schmerzlichen Lächelns, wie eine blasse Lichtwelle, wie ein verrauchender Atem eines in sich kauernden, andächtigen Schweigens:

– Ich bin die geheimste Tiefe deiner Seele – ich bin die Linie alles dessen, was du durchlebt hast, bin der Ton und die Farbe deiner Träume und das Ziel deines Verlangens; ich bin das Blut, das immer von neuem deine Brunst sättigt, durch mich und in mir bist du empfangen – durch mich und in mir wird sich dein Sein vollbringen ...

Und durch den ungeheuren Saal hallte es wider wie von dem Schluchzen des herbstlichen Regens, es glänzte wie eine ungeweinte Träne in einem schmerzverglasten Auge und um das Gewölbe strömte die tiefe Klage:

– Denkst du noch an die Nacht, da ich dein Gesicht in meinen Händen hielt, da ich dich mit meinen heißen Armen umfing, mein Haupt auf deiner Brust ruhte und meine heißen Finger in deinem Haar wühlten?

Er zuckte auf vor Schmerz. Diese Stimme, voll von Angst und überirdischer Sehnsucht, voll von bebenden Erinnerungen wuchs ihm in seine Kehle hinein, staute das Blut in seinen Adern – er wand sich vor etwas Unsichtbarem im Staub und flehte:

– Oh, komm – komm! So lange hab ich auf dich gewartet hier in dieser gräßlichen Katakombenstadt, denn so hat mich meine Seele betört, daß ich dich hier wiederfinden und dich haben werde, so oft ich es will.

Wie dich fassen?! Sieh, ich suche, ich spähe nach dir, ich breite meine Arme aus – oh, komm, oh, komm!

Und es war, als hätte jemand seine Knie umfaßt, fiele ihm um den Hals, schmiegte sich an seine Brust in nie enden wollender Lust und dem Schmerz ohnmächtiger Verzückung.

Lässiges Schweigen goß sich um das Zedergetäfel der Decke und das grüne Syenit hinter den porphyrnen Säulen ...

Und er fühlte, fühlte ihre klein-kleine, weiche Hand, sah sie in sich, wie sie sich über ihn beugte und ihm zuflüsterte:

– So lange irrte ich herum, suchte und wartete, ob deine Hand mich nicht aus dem Nichts herausreißen, mich formen, gestalten werde und mich zum Körper werden lasse ...

Hörst du mich, o du Geliebter mein, fühlst du mich?

Ich bin von dir weggegangen, denn, wenn du mich ansahst, in deine eigene Seele starrtest – denn ich bin der Körper deiner Gedanken, ich bin die Form und die Gestalt deiner Sehnsucht, der Ausdruck deines Fühlens und die Bewegung deines Willens ... ich ging weg von dir, denn ich war dein Verderben und dein Tod ...

Ich habe dich verlassen, aber heute flehe ich dich an, bitte ich dich und schreie: streck hinein deine Hand in den Abgrund meines Nichts: mag sie die Millionen von verwehten, zerrissenen, in alle Winde ausgestreuten Tönen zu einem Akkord meines Leibes fügen, Millionen von Farbenflecken zu einer Sonne gießen, die meinen Körper durchwärmen wird ...

O du mein Heiliger. Du mein Gott! So lange irrte ich und suchte und schrie nach dir, aber die Sturmorkane haben mein Flehen und mein Stöhnen und meine Verzweiflung verweht – und du hast mich nicht gehört ...

Jetzt zittere ich nicht mehr, daß du zugrunde gehst – ich weiß, daß du, wenn du in mich – in deine eigene Seele – schaust, zugrunde gehen mußt, aber du willst doch nicht ohne mich leben – reiß mich heraus aus meinem Nichts oder komm zu mir – komm – oh! komm!

Die Sehnsucht hat meine Seele irr und trübe gemacht, Schmerzensstürme haben mein goldenes Haar zerrauft, oh, faß die goldenen Strähnen, winde sie um deinen Arm, reiß mich heraus aus diesem Abgrund: ein Paradies ist er mit dir zusammen, eine Hölle ohne dich!

Hörst du mich? Fühlst du mich?

Und ein furchtbarer unermeßlicher Schmerz der Sehnsucht zuckte in wildem Krampf durch den Saal:

– O du mein Lichtgeborener – ich habe dich gerufen, ich habe mich gewälzt im Schrei und verzweifelten Gebet nach dir, aber meine Stimme verhallte und brachte das Erz deines Herzens nicht zum Schwingen – ich umfaßte dich in zitternden Flutwellen des Lichts, meine Lippen haben nach den deinen gelechzt, für dich öffnete sich die mystische Rose meines Leibes, aber dein Herz schwieg – ich kroch in deine Träume hinein, ich badete in ihrer Glut meinen lustheischenden Schoß – aber, als du aufwachtest, war der überirdische Zauber meiner Reize von dir gewichen ...

Und immer mächtiger schwoll die Sehnsucht und das Verlangen ihrer Stimme an:

– Faß mich mit deinen Händen um die Hüften, so, ach, so! Reiß mich an dich mit deinen starken Armen, wirf mich hoch auf deine Brust, daß sich mein Haar zur wilden Mähne sträubt in der sengenden Glut deines Geschlechtswillens!

Sieh, sieh!

Ein banges, ein süßes Erschauern ...

Ich werde Körper!

Fühlst du das Pochen meiner Adern? Sengt dich die Glut meines Verlangens?

Schrei auf, schrei himmelhoch auf, laß deinen Willen, das ganze Sein erschauern, daß ich werde!

Er schnellte auf, wuchs hoch, in ihm raste ein Willensorkan und dreimal wiederholte sich ein furchtbarer Schrei:

Werde! Werde! Werde!

Vergebens ...

Ihre Stimme hörte er wieder wie einen letzten, verhauchenden Ton von Engelchören:

– Vergebens: Komm mit mir! Diese Liebe ist nicht von dieser Welt – komm, folge mir dorthin: dort, ja dort werden wir eins sein, nicht hier, nicht hier ...

Seine Seele vereinigte sich mit dem Körper.

Tief, ganz tief in dem dunklen Tal erlosch die Stadt, die letzten Widerklänge stieben auseinander, nur die Erinnerung an die große, an die heilige Nacht breitete ihre Flügel über der Stadt.

Er konnte nicht mehr unterscheiden, was Traum, was Wirklichkeit war – wie ein weitfernes Echo, das irgendwo über den Erdenrand hinaufzukommen schien, hörte er das Tosen der Wasserfälle, sah die ragenden goldenen Turmspitzen der Alkazare.

Er schloß die Augen:

Etwas wie der leise Flügelschlag einer Möwe:

Komm! Oh, komm!

Ein Leuchten wie von einem flüsternden, tonlosen Blitz:

Komm! Oh, komm!

Etwas umfing sein Herz mit zarten, feinen Händen, streichelte und küßte es:

Komm, oh, komm!

Aus seiner Seele riß sich ein schluchzender, sehnender Schrei:

Ich gehe schon, ich gehe!

Und dort in der Tiefe die dunklen Kastanienalleen. Er glaubte zwischen den schwarzen Bäumen ihre lichthelle Gestalt zu sehen.

Und dort in der Tiefe dämmrige, feuchte Kirchen, in denen die Sarkophage von Fürsten und Königen brüteten. Noch fühlte er das Zittern ihres Herzens, ihren heißen Atem, den Pulsschlag ihrer Adern, der ihr Gesicht rot überströmte, als er sie einmal in den dunklen Kreuzgängen getroffen hatte.

Ach in der Tiefe – dort in der Stadt des Wunders hat er sie in seinen Armen wie ein Kind hin und her gewiegt, sie wieder jäh auf seine Brust geworfen, und wieder behutsam gebettet, und rings ergoß sich die goldene Flut ihrer leuchtenden Haare.

Übers Kreuz warf er sich auf den Boden und lag so lange, bis der Schmerz in ihm brach, und in seinem Herzen es still wurde mit einer Stille, die vor der Schöpfung war.

Ruhe, oh, Ruhe!

Die Meere waren gestorben, der Pulsschlag der Erde hörte auf, in den Himmel ragten verkohlte Wipfel erstorbener Palmenbäume und mächtiger Stämme von Faren, über dem unermeßlichen öden Totengefilde der Eismeere lag verstreut die furchtbare Saat von Knochen vorsintflutiger Tiere ...

Stille, taube Stille!

Mit erloschenen Strahlen verband sich der Mond mit der Erde, und es gab keine Hand, die diesen toten Saiten einen Klang entreißen könnte – mit breitem Schoß öffnete sich die Erde, aber es gab kein Licht, das sie befruchten könnte – in der atmosphärenlosen Unendlichkeit hängen reglos entsetzliche Sterne wie kalte Globen aus Messing, und die Sonne, kohlenschwarz, verreckt aufgefressen von ihrem eigenen Feuer.

Und in dieser gräßlichen Stille erhob sich von neuem die Sehnsucht in ihm, eine unsagbare Sehnsucht nach der, die er einst besessen, wieder verloren, die er aus der Mutterscholle seiner Seele wieder zum Leben auferwecken, Blut seines Herzens in sie ergießen und seinen Willen ihr als Rückenmark geben sollte ...

Aus seiner eigenen Adamsrippe sollte er sie schaffen, aber er vermochte es nicht.

Mit ganzer Kraft sehnte er sich nach der, die er hienieden nicht mehr schauen durfte. Die Nacht des Wunders, die er mit ihr durchkostet, breitete sich zu einer Ewigkeit – eine Ewigkeit lebte er mit ihr zusammen, eine Ewigkeit unendlichen Glücks.

Und er sprach zu ihr:

O ihr meine Augen –

so oft ergoß sich meine Seele in eure dunklen Untiefen, einem Sterne gleich, der in die Abgründe der Ozeane sich herabstürzt –

noch einmal saugt auf meinen Gram und meinen Schmerz – mag er in eurem Schlund versinken wie ein Lichtstrom unsichtbarer Sterne in den raumlosen Weiten der Unendlichkeit, –

o ihr meine Augen!

O du mein kostbarer Mund,

so oft irrte seine stumme Trauer auf meiner Brust, biß sich seine Verzweiflung in mein Fleisch, sein Zauber sättigte meine Seele mit dem süßen Gift unsäglichen Verlangens – so oft öffnete er sich zum keuchenden Liebesgeflüster, zu unzüchtigen Schreien, zu wilden Lästerungen, –

einmal noch öffne sich der wundersame Kelch, einmal mag er noch seinen gespenstischen Zauber in mich ergießen,

o du mein kostbarer Mund!

O du mein geliebtes Haupt,

so oft hab ich dich an meinem Herzen geborgen, so oft sankst du an meine Schultern in meiner wilden Umarmung, warfst dich zurück, versengt von der Glut meines Verlangens, fielst ohnmächtig in zuckenden Liebesschauern auf die Kissen –

einmal noch verbirg dich an meinem Schoß, gieß über mich die Sternenflut deiner Haare

o du mein geliebtes Haupt, oh du goldener Strom deines Reichtums!

In dem Tal zu seinen Füßen brütete die schwarze Nacht – nur ein winziges Licht flackerte wie der letzte Funken einer verlöschenden Fackel.

Er verzweifelte nicht mehr. Denn er wußte, daß er zu ihr gehe, mit ihr eins werde in dem Ewigkeitsschoß, aus dem er und sie entstanden sind.

Keine Verzweiflung mehr, nur eine kranke, sinnlose Sehnsucht nach diesen Augen, die ihre Sterne in die Abgründe seiner Seele mit solcher Liebe im Schmerz eintauchten und nach den Händen, die ihre Tausende von verhängnisvollen, schicksalschweren Linien in sein Gesicht gruben, nach dem traurigen Lächeln, das mit brütender Schwere sich um die Lippen legte ...

Es geschehe!

Er und sie sollten zum Urschoß zurückkehren um zu einer heiligen Sonne zu werden.

Eins und unteilbar sollten sie werden,

und alle Geheimnisse nackt und gelöst mit ihren Augen schauen

und in gottewiger Klarheit alle Ursachen und Ziele durchdringen und sie leiten

und alle Erden und jegliches Sein beherrschen

in dem Gottgefühl: Er-Sie!

Androgyne!

Es umfloß ihn der Glanz ihrer feinen, weißen Hände, ihn durchströmte der Duft ihres Körpers und in seiner Seele jauchzte das verlangende, lockende Geflüster:

Komm Geliebter, komm!

Und er ging mit einem gewaltigen Todestriumph in seinem Herzen, dort wo im Mondesglanz der siebenarmige See schimmerte – ging still und groß und wiederholte nur mit unendlicher Liebe:

Ich gehe, ich komme!

Über tredition

Eigenes Buch veröffentlichen

tredition wurde 2006 in Hamburg gegründet und hat seither mehrere tausend Buchtitel veröffentlicht. Autoren veröffentlichen in wenigen leichten Schritten gedruckte Bücher, e-Books und audioBooks. tredition hat das Ziel, die beste und fairste Veröffentlichungsmöglichkeit für Autoren zu bieten.

tredition wurde mit der Erkenntnis gegründet, dass nur etwa jedes 200. bei Verlagen eingereichte Manuskript veröffentlicht wird. Dabei hat jedes Buch seinen Markt, also seine Leser. tredition sorgt dafür, dass für jedes Buch die Leserschaft auch erreicht wird.

Im einzigartigen Literatur-Netzwerk von tredition bieten zahlreiche Literatur-Partner (das sind Lektoren, Übersetzer, Hörbuchsprecher und Illustratoren) ihre Dienstleistung an, um Manuskripte zu verbessern oder die Vielfalt zu erhöhen. Autoren vereinbaren direkt mit den Literatur-Partnern die Konditionen ihrer Zusammenarbeit und partizipieren gemeinsam am Erfolg des Buches.

Das gesamte Verlagsprogramm von tredition ist bei allen stationären Buchhandlungen und Online-Buchhändlern wie z. B. Amazon erhältlich. e-Books stehen bei den führenden Online-Portalen (z. B. iBookstore von Apple oder Kindle von Amazon) zum Verkauf.

Einfach leicht ein Buch veröffentlichen: **www.tredition.de**

Eigene Buchreihe oder eigenen Verlag gründen

Seit 2009 bietet tredition sein Verlagskonzept auch als sogenanntes "White-Label" an. Das bedeutet, dass andere Unternehmen, Institutionen und Personen risikofrei und unkompliziert selbst zum Herausgeber von Büchern und Buchreihen unter eigener Marke werden können. tredition übernimmt dabei das komplette Herstellungs- und Distributionsrisiko.

Zahlreiche Zeitschriften-, Zeitungs- und Buchverlage, Universitäten, Forschungseinrichtungen u.v.m. nutzen diese Dienstleistung von tredition, um unter eigener Marke ohne Risiko Bücher zu verlegen.

Alle Informationen im Internet: **www.tredition.de/fuer-verlage**

tredition wurde mit mehreren Innovationspreisen ausgezeichnet, u. a. mit dem Webfuture Award und dem Innovationspreis der Buch Digitale.

tredition ist Mitglied im Börsenverein des Deutschen Buchhandels.

Dieses Werk elektronisch lesen

Dieses Werk ist Teil der Gutenberg-DE Edition DVD. Diese enthält das komplette Archiv des Projekt Gutenberg-DE. Die DVD ist im Internet erhältlich auf **http://gutenbergshop.abc.de**